어떤 선택을 하든
너는 잘 살 거니까.

작가의 말

때때로 낯선 용기가 필요하다

    스물아홉. 나는 평범한 직장인이었다. 이때 나는 꽤 괜찮은 일상을 살고 있었음에도, 뭔가 채워지지 않는 어떤 것에 괴로워했다.

    이게 내가 원하던 삶인가? 지금의 평탄한 삶도 만족하지 못하는 내가 잘못된 것은 아닐까? 여러 가지 복잡한 생각들 속에서 시간이 흘렀다.

    하지만 어릴 때부터 가지고 있던 소망이 사라지지 않고 오래도록 내 마음에 남아 있었다. 조금 더 일찍 꿈꾸지 않았다는 자책도 하면서, 나는 지극히 평범한 사람이라는 마음의 족쇄에서 벗어나지 못한 채 결정을 내리길 주저했다.

지금 생각하면 스물아홉, 서른은 여전히 어린 나이였는데 당시에는 이 나이에 새로운 선택을 해도 되는 걸까, 다시 돌아와 취업을 할 수 있을까, 뒤처지면 어쩌지 하면서 불확실한 미래를 두려워했다.

결국 나는 마음속에서 지속적으로 보내는 메시지에 귀를 기울였고 많은 생각 끝에 멕시코로 떠나기로 했다. 많은 두려움과 사람들의 우려 속에서 떠났던 멕시코. 4년이 훌쩍 지난 지금, 이 선택은 내 인생에 가장 잘한 선택이었다고 자신한다.

이 책은 용기가 없던 내가 어떻게 어학연수라는 핑계로 멕시코로 떠났는지, 그리고 멕시코에서는 어떤 사람들과 마주했는지 담은 이야기다.

멕시코가 내 삶을 바꿨다고는 말하지 않겠다. 다만, 이 경험은 내게 무엇이든 할 수 있다는 용기를 주었다. 나는 내 방식대로, 내가 원하는 방향대로 주체적으로 살 수 있겠다는 희망을 품을 수 있었다.

이제 나는 선택의 순간이 올 때마다 멕시코를 떠나기 전에 내게 했던 질문을 던진다. '5년 후의 내가 지금의 나에게 어떤 것을 선택하라고 할까?'

지금 무언가 고민하는 것이 있다면 스스로 이렇게 질문해보는 건 어떨까? 5년 후의 나, 10년 후의 나라면 어떤 선택을 하라고 권유할지, 나를 제 3자라고 생각한다면 무어라 조언할지.

누군가 과감한 선택과 안정 사이에 고민하는 사람이 있다면 좀 더 용기를 내보라고 부추기고 싶다. 한번 해보라고. 해봐도 늦지 않는다고. 나도 했으니, 당신도 할 수 있다고.

이 책을 읽으며 낯선 나라 멕시코를 나와 함께 여행하는 기분이 든다면, 한 번쯤 멕시코에 가보고 싶다는 생각이 든다면 그것으로도 충분하다. 조금 더 욕심을 내본다면 이 이야기가 누군가에게는 희망이, 누군가에게는 용기가 되었으면 한다.

작가의 말
때때로 낯선 용기가 필요하다

1부. 용기는 없지만 떠나고 싶어

마음 속에 피어난 작은 불씨 14

어쩌다 스페인어 16 이십구춘기 20

너는 나와 다른 선택을 하길 22

미지의 세계로 26 폭탄 선언의 날 32

이제 떠나는 거야 38

(부록) 멕시코는 정말 위험할까? 42

2부. 서른, 떠나보니 아무것도 아니야

따뜻한 인큐베이터가 되어 준 나의 써니 48

드디어 멕시코 땅을 밟다 54

아비네 집에서 크리스마스를 58

나의 보금자리를 찾아서 66

새 학기의 시작 70

모든 것이 순탄하진 않아요 76

슬슬 발동을 걸어볼까 84 살사, 너는 매력이다 86

따뜻한 환대 90 구하라, 길이 열릴 것이다 96

다시 해야할 이유 100 무(모)한 도전! 강단에 서다 104

(부록) 여행 말고 어학연수 122

3부. 멕시코 여행 노트

멕시코에도 피라미드가? 128

멕시코의 홍대, 가리발디 광장 133

강인한 프리다 칼로처럼 136

치아파스 즉흥 투어 140

푸에블라에서 불효도 관광을 156

침묵의 행렬, 고요한 열정 168

죽음, 당신을 영원히 기억하는 것 176

멕시코의 맛 182

남미 여행자들의 어학연수 성지, 과테말라 184

(부록) 멕시코 어학연수 얼마나 들까 200

4부. 이해가 공감이 되는 순간

세마나산타 204

멕시코식 베이비샤워 210

멕시코 가족, 마리솔과 다니엘 216

나이 말고 너 226

멕시코는 모든 걸 용서해 228

Paso a Paso 조금씩 천천히 230

!Adios, México! 아디오스, 멕시코! 234

에필로그
끝나지 않은 이야기

구미호 카페

구미호 카페

박현숙 장편소설

특별한서재

차례

달이 뜨는 날에만 문을 어는 카페 007

내 일상을 엉망으로 만든 아이 021

2000년 6월 3일 033

다이어리의 정체 047

동명이인? 063

의심하지 마세요 077

지례에 대해서는 뭐든지 궁금하다 090

사라진 돈 104

죽은 자의 시간은 오늘과 내일이 연결되지 않는다 115

구미호 카페 룰은 지켜야 해 130

각자의 비밀들 146

재후는 어떤 시간을 받았을까? 155

괜찮아? 167

영조와 영조 아빠 그리고 간절한 바람 182

재후만 성공한 건가? 197

구미호 카페 206

에필로그 | 사라진 우리들의 시간 218

『구미호 카페』 창작 노트 220

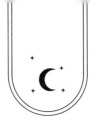

달이 뜨는 날에만 문을 여는 카페

그날은 보름달이 떴었다.

나는 큰길 사거리에서 설문조사를 해달라는 부탁을 받았다. 비가 추적추적 내리는데 그 비를 맞으며 설문조사 하는 게 하도 딱해 보여서 질문지를 받아들었다. 대단한 설문조사도 아니었다. 지금 간절하게 갖고 싶은 게 무엇인가를 묻는 설문조사였다. 큰 고민하지 않고 단숨에 써주었다.

"감사합니다."

설문조사를 마친 사람은 주먹만 한 막대사탕을 주었다. 전단지 한 장을 유리테이프로 달고 있는 사탕이었다.

―이곳에 오면 마법과도 같은 일이 일어납니다.

전단지에는 이런 글귀와 함께 약도가 그려져 있었고 전단지가 있어야 입장할 수 있다는 안내도 있었다.

막대사탕을 빨아먹으며 걷는데 마침 추적추적 내리던 비가 거짓말처럼 멈췄다. 약도에 있는 장소는 그리 멀지 않은 곳이었다.

'마법 같은 일? 간절하게 갖고 싶은 걸 얻을 수 있는 건가?'

나는 그때 간절히 원하는 게 있었다. 말도 안 되는 생각에 피식 웃었다. 하지만 마법이라는 말의 힘은 컸다. 나는 뭐에 끌리듯 약도를 보며 걸었다.

그곳은 재개발 지역이었다. 이미 주민들의 이주까지 끝난 텅 빈 동네였다. 높은 습도에 잠긴 동네 분위기는 무거웠고 을씨년스러웠다. 마침 짙게 내려앉은 구름이 걷히면서 달이 둥실 떴다. 어둠 속에 잠겼던 동네는 모습을 드러냈다. 어둠에 잠겼을 때보다도 더 무겁고 우중충했다.

끼이익.

달빛을 타고 뒤틀리는 듯한 철제문 소리가 났다.

'빈 동네가 아니었나?'

나는 두리번거렸다. 내가 서 있는 곳에서 30여 미터 정도 떨어진 집의 대문이 열리는 소리였다. 잠시 후 대문 밖으로 누군가 성큼성큼 걸어 나왔다. 대문 밖으로 나온 사람은 입간판을 세우고 들어갔다.

구미호 카페

　이곳에 가페라니, 생뚱맞았다. 동네 사람들은 모두 이사 가고 유동 인구라고는 눈을 씻고 찾아보려야 찾아볼 수 없는 동네와 카페는 어울리지 않았다.

　나는 슬그머니 대문 안을 바라봤다. 대문부터 현관까지 양쪽으로 은은한 조명이 있었고 마당은 조명과 달빛으로 온통 노란색이었다. 유독 지붕이 낮은 일층 카페의 벽면은 통창이었다. 통창 안으로 카페의 내부가 보였다.

　나는 대문 안으로 들어가 통창 가까이 다가갔다. 그러자 갑자기 현관문이 빼꼼 열렸다.

　"어서오세요, 손님. 전단지를 받았나요? 전단지의 바코드를 옆에 있는 기계에 대주세요."

　직원이 말했다. 나는 주머니에서 주섬주섬 전단지를 꺼내 펼친 다음 기계에 댔다. 그러자 딩동! 소리와 함께 빼꼼 열렸던 현관문이 활짝 열렸다.

　카페 내부는 전체적으로 어두운 톤이었다. 탁자와 의자는 짙은 원목이었고 바닥은 짙은 색의 마루였다. 카페에는 잔잔한 음악이 흐르고 있었다.

　"반갑습니다, 손님. 오늘은 오픈 기념일이라 저희 카페에서 파는 빵이 무료 제공됩니다. 저희 카페의 역사는 아주 오래되었지만 요번에 새단장을 하고 새로이 문을 열었지요. 저희 가게 분위기가 손님 마음에 쏙 들길 바랍니다. 앞으로 고객 만족의 정신으로 더욱더 노력하겠습니다. 저기 벽에 메뉴가 붙어 있거든요. 잠시만요."

직원은 주머니에서 종이 한 장을 꺼내 펼쳤다. 깨알 같은 글씨가 쓰여 있는 종이였다.

"이름이 오성우! 손님에게는 포만바게트를 추천합니다. 포만바게트를 먹으면 손님이 간절히 원하는 바를 이룰 수가 있습니다. 포만바게트가 마법을 선사할 수 있다는 말씀이지요. 빵을 준비하는 동안 카페 안을 한번 구경해보는 것도 추천합니다."

직원은 허리를 숙여 보이고는 주방으로 갔다.

메뉴

포만바게트

애플 말랑

달달 사이

나는 벽에 붙은 메뉴판을 쓰윽 바라본 다음 카페를 둘러봤다. 제법 긴 유리 진열장이 벽면 한쪽을 채우고 있었다. 유리 진열장에는 여러 가지 물건들이 진열되어 있었다.

책, 캐릭터가 그려진 컵, 털장갑, 운동화, 구두, 펜, 다이어리, 가방과 벨트, 다양한 디자인의 구두가 있었다. 얼핏 봐도 새것으로 보이지는 않았다. 어딘지 모르게 세월의 흔적이 느껴졌고 사람의 손때도 보였다.

"손님."

어느새 직원이 다가왔다.

"끌리는 물건이 있나요? 그럼 주저하지 마시고 구매하세요. 그 물건이 바로 손님에게 필요한 거지요."

"판매하는 건가요? 중고 거래?"

"중고라는 표현도 틀린 표현은 아니네요. 누군가 쓰던 물건이니까요. 여기에 있는 물건들은 죽은 사람들의 물건입니다."

"뭐라고요?"

나는 분명 내가 잘못 들었다고 생각했다.

"죽은 사람들의 물건이라고요. 저희는 팔아달라는 의뢰를 받았지요. 아이고, 이런. 빵이 타면 큰일입니다. 그럼 찬찬히 구경하세요."

직원은 서둘러 주방으로 갔다. 고소한 빵 냄새가 카페에 가득 퍼졌다.

'하긴 뭐…….'

사람이 죽었다고 해서 그 사람의 물건을 죄다 버릴 수는 없다. 버리지 못하는 물건들은 남은 이들이 죽은 이를 추억하기 위해 가지고 있기도 하고 더러는 중고 매장에 나오기도 할 거다. 그리고 또 더러는 있는지 없는지도 모르는 상태에서 어느 구석에 처박혀 있을 수도 있다. 생각해보면 내가 중고 마켓에서 산 물건 중에도 죽은 사람의 물건이 있었을 수도 있다.

나는 죽은 사람들의 물건을 훑어봤다. 죽은 사람들 물건이라는 말을 들어서인지 선뜻 마음이 가는 물건은 없었지만 눈이 자꾸만 낡은 다이어리로 향했다.

"손님. 포만바게트 나왔습니다."

그때 직원이 말했다.

포만바게트는 비주얼이나 맛이 돈가스를 연상하게 하는 빵이었다. 하지만 튀긴 빵 안에 들어 있는 고기는 돈가스보다 훨씬 연했고 끝맛에 약간 달콤함도 느껴졌다.

"빵 맛은 어떤가요?"

직원이 물었다.

"고소하고 달콤하고 맛있어요."

"하나만 먹었는데도 배가 부르지 않나요? 포만바게트가 손님의 간절함도 포만감을 느끼게 할 것입니다. 그 포만감이 영원하지 않은 것이 흠이라면 흠이지만요. 자, 이제 포만바게트를 드셨으니 물건 구경을 다시 한번 해보시지요."

직원이 말했다.

'공짜 빵을 주고 물건을 강매하는 건가?'

문득 그런 생각이 스치고 지나갔다.

"아아, 물론 오늘 당장 구입하지 않으셔도 괜찮습니다. 우린 충분히 기다릴 수 있습니다. 아주아주 길고 긴 세월, 억겁처럼 기나긴 시간을 묵묵히 기다리며 견뎌왔는데 기다리지 못할 게 뭐가 있겠습니까?"

직원은 옅은 미소를 지어 보였다.

나는 유리 진열장 앞으로 갔다. 자꾸만 다이어리로 눈이 갔다. 다른 곳으로 눈을 돌려도 어느새 나는 또 다이어리를 바라보고 있었다.

그날 집으로 돌아온 뒤 내 눈앞에는 계속 낡고 낡은 다이어리가 떠올랐다. 그 다이어리가 나를 마법의 시간 안으로 초대할 것 같은 강한 느낌을 받았다. 그런 느낌은 점점 더 강해졌다.

다음 날 다시 구미호 카페로 갔다. 날은 한없이 맑았고 달은 휘영청 밝았다. 두 번째로 구미호 카페에 갔을 때 영업 방식을 알았다. 입간판에 쓰여 있었는데 첫날에는 미처 보지 못했던 안내글이었다.

구미호 카페는 달이 뜨는 날에만 문을 엽니다.

보름달, 반달, 초승달이 뜨는 날 찾아주세요.

낮달이 뜨는 날에도 문을 엽니다.

"오늘은 카페 오픈 이틀째 기념으로 메뉴가 무료 제공됩니다. 카페 안을 찬찬히 둘러보세요."

"오늘도 공짜라고요?"

"그렇습니다, 손님."

첫날은 오픈 기념으로 무료 제공이고 오늘은 오픈 이틀째 기념이라고 무료 제공이라니. 나는 카페 안을 훑어봤다. 손님이라고는 눈을 씻고 찾아보려야 찾아볼 수 없었다.

말아먹으려고 작정을 했군. 어쩌나. 큰돈을 들여서 리모델링까지 했는데. 얼굴도 모르는 카페 주인이 한없이 측은하다는 생각을 하면서도 뭔가 수상한 계획이 있는 건 아닌지 의심도 되었다. 하지만 그냥 나갈 수가 없었다. 다이어리가 나를 끌어당기는 힘은 강했다.

나는 유리 진열장으로 갔다. 다이어리는 나에게 결코 필요하지 않은 물건이었다. 구닥다리 냄새도 났다. 스마트폰 하나면 뭐든 다 할 수 있는 세상에 누가 저런 걸 쓴담. 그런데도 자꾸만 눈이 갔다.

"손님, 포만바게트 나왔습니다."

직원이 말했다.

두 번째로 먹는 포만바게트는 처음 먹던 날에는 느끼지 못했던 맛이 느껴졌다. 달콤함 뒤로 약간의 비릿함이 있었다. 고기를 바짝 굽지 않았을 때 나는 특유의 비릿함 같았다. 내가 어렸을 때 외할아버지는 정육점을 했었는데 외갓집에 가면 고기를 많이 먹었었다. 그때 맛봤던 그 비릿함이 분명했다.

"오늘도 그냥 가시나요? 기다리지요, 천천히 판단하세요. 손님 눈에 들어온 물건이라면 어차피 손님이 사게 되어 있어요."

카페에서 나오는데 직원이 자신만만하게 말했다.

세 번째 구미호 카페에 간 날은 구미호 카페에 두 번째 다녀오고 나시 3일 뒤였다. 오후 수업을 하는데 창밖 먼 하늘에 하얀 낮달이 보였다. 나는 수업이 끝나자마자 뭐에 홀린 듯 구미호 카페로 갔다.

그날이었다. 구미호 카페에서 지레를 본 것은. 지레가 통창 너머로 보였다. 지레는 유리 진열장 앞에서 턱을 쥐어뜯으며 서 있었다. 지레를 본 순간 얼마나 놀랐는지 심장이 폭발하는 줄 알았다.

"어서오세요, 손님."

직원이 현관문을 열며 소리치는 바람에 지레가 돌아봤다. 나와 지레의 눈이 마주쳤다. 지레는 무슨 할 말이 있어 보였고, 나도 지레에게 무슨 말이라도 하고 싶었다. 하지만 다른 날과 마찬가지로 나는 지레에게 말을 붙이지 못했고 지레 역시 그랬다.

"방문하셨던 분들은 이미 입력되어 있어서 전단지를 다시 찍지 않아도 됩니다. 두 번째 오셨던 날 말씀드렸는데 잊으셨나 봐요. 그냥 문을 벌컥 열고 들어오시면 됩니다. 그리고 손님, 한 가지 주의사항 말씀드릴게요. 잘 기억하셔야 합니다. 이곳에 들어왔을 때는 아는 사람을 만나도 절대 알은척해서는 안 됩니다."

직원이 문 옆으로 비켜서며 말했다. 꼭 나와 지레가 아는 사이인 것을 알고 있는 것처럼 말이다. 나는 구석 자리에 숨을 죽이고 앉아 있었다. 얼마 후 카페 대문을 나서는 지레가 통창 너머로 보였다.

나는 직원을 불렀다.

"조금 전에 저기 진열대 앞에 서 있던 아이가 뭘 사 갔나요?"

"살까 말까 고민을 꽤 많이 하더니 그냥 갔어요. 하지만 언젠가는 사 가고 말아요."

"그 아이도 죽은 사람들의 물건이라는 것을 알고 있나요?"

"당연하지요. 다 설명해드리고 있답니다. 이곳은 사기를 쳐서 물건을 팔아먹는 그런 곳이 아니에요."

직원의 이맛살이 살짝 구겨졌다.

"이런 질문을 해도 괜찮은지 모르겠지만 그 아이가 어떤 물건을 보고 고민했는지 혹시 아세요?"

나는 지레의 모든 것이 궁금했다.

"음음, 손님들의 비밀은 아주 작은 것이라도 지켜드리는 것이 우리의 일이지만 오늘은 낮달이 유난히 크고 선명한 날이지요. 이런 날은 비밀을 노출해도 탈이 나지 않아요. 털장갑을 뚫어지게 보고 있었지요. 애플 말랑을 먹었고요. 간절하게 원하는 것에 따라 먹는 것도 다르답니다."

직원은 통창 밖을 바라보며 말했다. 통창 밖 먼 하늘에는 아직도 낮달이 보였다.

나는 유리 진열대로 가서 털장갑을 바라봤다. 손등과 손바닥 부분은 짙은 빨간색이고 손가락 부분은 초록색이었다. 예쁘지도 그렇다고 특이한 구석도 없는 평범한 장갑이었다. 장갑이 필요한 철도 아닌데 왜 장갑에 관심을 보였는지 궁금했다. 나란히 놓인 장갑 옆에는 장갑에 대한 설명을 적은 종이가 붙어 있었다.

    - 의뢰받은 날짜: 2022년 5월
    - 의뢰인 정보: 밝힐 수 없음
    - 중요한 특이사항: 20일

'특이사항? 무슨 뜻이지?'
나는 다이어리를 바라봤다.

    - 의뢰받은 날짜: 2000년 6월 3일
    - 의뢰인 정보: 밝힐 수 없음
    - 중요한 특이사항: 20일

나는 직원을 불렀다.
"특이사항이 무슨 뜻이에요?"
"그건 구매하시는 분께만 말씀드릴 수 있습니다. 구매하시게요?"
"아니, 아직……. 좀 더 살펴보고요."

"죽은 사람의 물건이라는 게 영 찜찜하지요? 얼마든지 기다릴게요. 그럼요. 잘 살펴보셔야지요. 한번 사겠다고 말을 하면 꼭 사야 하거든요. 꼼꼼히 살펴보시고 구매하세요. 그럼!"

직원은 고개를 숙여 보이고는 돌아섰다.

"가격은…… 가격이 쓰여 있지 않네요."

"가격은 구매를 하시는 분께만 말씀드립니다."

"그건 좀 말이 안 되는데요. 한번 산다고 말을 하면 꼭 사야 한다면서요. 원래 물건을 사려면 자기가 가지고 있는 돈과 물건값이 맞아야 하는 법이잖아요. 물건이 마음에 든다고 해도 돈이 모자라면 살 수가 없는 건데 무턱대고 산다고 했다가 돈이 모자라면 어떻게 해요? 사겠다고 말해도 가격이 맞지 않으면 안 사도 괜찮아요?"

"아니요. 한번 산다고 했으면 꼭 사야 합니다. 구매할 때 말씀해주세요."

"아, 답답해. 그러니까요. 제 말뜻을 잘 알아듣지 못하셨나 봐요."

"충분히 알아들었습니다. 하지만 그게 규칙입니다. 구매를 하겠다는 손님에게만 말할 수 있습니다. 이건 낮달이 뜬 날에도 노출할 수 없는 비밀이지요. 아참, 손님. 오늘은 오픈 일주일째 기념으로 포만바게트가 무료로 제공됩니다. 우리 카페의 친절함과 고객을 귀히 여기는 정신이 부디 손님 마음에도 쏙 들길 바랍니다. 더불어 저의 말과 행동 역시 손님의 마음에 들길 바라고요. 당연히 그렇겠지만요. 저를 교육시킨 분이 카페 신화의 주인공인 강대라는 분이셨지요."

직원이 허리를 숙여 보이고 주방으로 간 다음 나는 재빨리 인터넷 검색을 했다.

강대: 우리나라에 카페 문화를 들여와 정착시킨 인물. 전국 1,000여 개에 달하는 모든 매장의 불패 신화를 써 내려간 대단한 인물. 2000년 교통사고로 사망.

'뭐야?'

나는 직원의 뒷모습을 힐끗 바라봤다. 직원은 서른 살 남짓으로 보였다. 강대라는 사람을 직접 만났을 가능성은 제로다. 강대라는 인물에게 교육을 받았다는 말은 완전 뻥이다. 하긴 강대한테 교육을 받았든 말든 나하고는 상관없는 일이지만.

'뭔가 좀 이상한 카페이긴 해.'

첫날 문득 들었던 불길함이 머리를 다시 스치고 지나갔다. 빵을 공짜로 주는 대신 죽은 사람들의 물건을 강매하는 그런 시스템의 카페. 한번 사겠다고 말하면 꼭 사야 한다는 말도 안 되는 판매 방식도 그랬고, 자꾸만 빵을 공짜로 먹이려고 하는 것도 그렇다. 아닌 말로 요즘 세상이 어떤 세상인데. 물건을 사놓고도 마음에 들지 않으면 반품을 밥 먹듯 하는 세상이다. 몇 번 쓰다가 반품하는 사람들도 널렸다. 그런데 뭔 말도 안 되는 판매법이 다 있담. 마법이니 간절함을 이루게 해주느니 하는 말에서도 역시 사기꾼의 냄새가 났다. 그것도 아주 진하게 났다. 세 번째 포만바게트에서는 비린 맛이 더 강하게 느껴졌다.

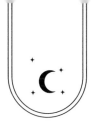

내 일상을 엉망으로 만든 아이

곤도라 2호, 만두 3호.

일주일 동안 세상은 태풍에 휩싸였다. 거센 비를 몰고 온 태풍이었다. 세상이 물에 잠기는 사태가 발생할 수도 있다는 위기감이 들 정도로 비는 잠시도 쉬지 않고 퍼부어댔다.

'달이 떠야 구미호 카페에 갈 텐데.'

구미호 카페에 세 번째 갔을 때 이상한 곳이라는 생각을 했었다. 사기꾼들의 집단일 거라는 추측을 했고 그곳에 휘말려 들지 말아야겠다는 다짐도 했었다. 휘말려 들지 않기 위해서는 다시는 그곳에 가지 않는 것이 최선의 방법이라고 생각했었다. 그런데 나도 모르게 어서 달이 뜨기를 기다리고 있었다. 뭐에 단단히 홀린 듯했다. 언제 비가 그치고 달이 뜰 수 있을지 수시로 일기 예보를 검색했다.

금요일 밤늦게 만두 3호가 동해상으로 빠져나가고 토요일부터는 전형적인 가을 날씨가 이어지겠습니다.

"날씨, 언제 좋아진대냐?"

거울 앞에서 삼십 분째 고슴도치 털 같은 짧은 머리카락을 살렸다 죽였다, 다시 살렸다 죽였다 하던 재후가 물었다.

"내가 날씨 검색하는 건 어떻게 알았냐?"

"다 아는 수가 있지."

"어떻게 알았냐고?"

"얘가 왜 죽자고 대들어? 야, 이게 죽자고 대들 일이냐? 어떻게 알기는 뭘 어떻게 알아? 성우 네가 좀 전에 '아, 이놈의 태풍은 언제 지나갈 거야?' 이러면서 휴대폰을 집어 들었잖아. 애가 그렇게 까칠해서 어디다 쓰냐?"

재후는 죽였던 앞머리를 다시 살렸다. 내가 중얼거리는 소리는 왜 마음대로 듣느냐고 한마디 하려다 그만두었다. 아무리 재후가 못마땅해도 그건 억지다.

"죽이는 게 낫냐, 살리는 게 낫냐?"

재후가 돌아봤다. 반듯한 이마며 날렵한 콧날 그리고 쌍꺼풀이 없으면서도 크기가 적당하고 선해 보이는 눈, 다부진 입술, 거기에다 이목구비를 완벽하게 받쳐주는 얼굴 모양과 크기. 앞머리를 죽이든 살리든 상관없는 완벽한 얼굴이었다.

나는 대답 대신 자리를 박차고 일어나 방에서 나왔다.

"재수 없어."

재후는 어느 날 갑자기 내 일상 속으로 들어왔다. 그러고는 내 일상을 송두리째 흔들고 있다. 재후의 행동 하나하나가, 하는 말 하나하나가 눈에 거슬리고 아니꼽고 싫었다. 재후 뒤통수만 봐도 공연히 화가 치밀어올랐다. 누가 핀셋으로 재후 머리를 콕 집어서 내 일상 속에서 꺼내버렸으면 좋겠다.

재후는 이모 아들이다. 이모부가 1년 동안 외국 지사로 나가면서 재후는 우리 집으로 와서 내 방을 같이 쓰고 있다. 이모는 중학교 3학년이 외국으로 가서 1년 살고 오는 것은 위험한 일이라고 했다. 외국에서는 수학을 열심히 가르치지 않는다나 뭐라나. 1년 후에 돌아오면 수학은 도저히 따라갈 수 없는 상황이 될 거라고 했다. 그랬다가는 재후 인생이 한 번에 망한다고 했다. 그런 걱정은 괜한 걱정이었다. 재후는 어차피 공부하고는 거리가 먼 아이였다. 외국에 가서 1년을 살고 오든 10년을 살고 오든 위험할 일이 전혀 없었다. 나도 그걸 아는데 재후 엄마인 이모가 모를 리 없다. 모든 정황으로 봐서 이모는 재후가 귀찮았던 거다. 이모는 노는 걸 좋아하고 여행 다니는 것도 좋아한다. 그냥 좋아한다는 표현으로는 부족할 정도다. 이모는 동남아의 정취를 마음껏 누리고 느끼며 1년을 자유롭고 쿨하게 보내고 싶었던 거다.

"에이, 설마. 엄마가 중학교 3학년인 아들을 그런 식으로 방치한다고?"

이렇게 묻는 사람도 있을 거다. 하지만 세상은 넓고 엄마들도 다양하다. 자식에게 모든 것을 쏟아붓는 엄마도 있고 그렇지 않은 엄마도 있다. 다양한 아들과 딸들이 존재하는데 엄마들이라고 해서 다르지는 않다.

이모와 엄마는 거래를 했다. 이모가 원하는 바를 눈치챈 엄마가 먼저 거래를 제안했을 수도 있고 돈이라면 자다가도 벌떡 일어나는 엄마에 대해 너무나도 잘 알고 있는 이모가 먼저 제안했을 수도 있다.

이모는 경제적으로 여유가 있었다. 재후 할아버지가 재벌 수준의 재력가였고, 땅값이 어마어마한 도심 한복판의 빌딩을 이모부가 물려받았다. 엄마는 지지리도 돈도 못 버는(이건 순전히 엄마 표현이다) 아빠를 만나 궁상떨며 살아야 하는 자신의 처지를 시시때때로 가감 없이 거칠게 표현하는 스타일이었다. 정육점 집의 자매로 태어나 대학교를 졸업할 때까지는 비슷한 삶을 살다가 결혼이라는 걸 하고 나서 완전히 다른 삶을 살아가게 된 엄마와 이모는 그래도 사이가 좋았다. 재후를 떼어놓고 가는 문제에 있어서 둘은 서로의 원하는 바를 충분히 만족시킬 거래를 할 수 있었을 거다.

그 거래의 피해자는 오롯이 나였다. 좁디좁은 방을 재후와 함께 쓰는 건 말도 못하게 불편했다. 좁디좁은 방을 같이 쓰는 것도 모자라 재후와 나는 같은 반이 되었다. 나를 더 화나게 만든 것은 재후가 지레에게 꽂혔다는 거다.

홍지레!

지레는 중학교에 입학하던 그날부터 내 마음속에 들어온 아이다. 늘 멀리서 지켜보는 아이다. 나와는 다른 세상에 살고 있는 거 같아 감히 손을 내밀 생각도 못 하는 그림 속 아이 같은 존재다. 손을 내밀 기회는 있었고 그 기회는 현재진행형일 수도 있다. 가끔 지레와 눈이 마주치면 그런 생각이 든다. 하지만 거절당할까 봐 여전히 말을 못 붙이고 있다. 재후는 그런 지레에게 첫날부터 다가갔다. 재후는 당당했다. 나는 그 당당함이 미웠다.

'지레가 어떤 아이인데, 너 같은 놈한테 넘어갈 아이가 아니지.'

지레는 도도했다. 성적도 중요하게 생각하는 아이였다. 아이들과 친하게 지내지도 않았고 말도 별로 없었다. 말이 없어서 더 도도해 보였고 더 높아 보이는 아이였다. 모든 것은 다 갖췄지만 단 하나! 공부는 지지리도 못하는 재후였다. 하지만 지레는 재후에게 너무 쉽게 넘어갔다. 지레가 재후와 마주 보고 웃어주던 날, 나는 세상을 다 잃은 듯 허탈했다. 슬펐고 화났고 억울했고 또 아팠다.

재후가 가진 것은 내가 가질 수 없는 것들이었다. 노력을 한다고 해서 얻을 수 있는 것들이 아니었다. 재후는 잘생겼다. 그리고 재후는 돈 많은 집 아들이다.

아무것도 갖출 수 없었던 내가 유일하게 내 힘으로 할 수 있는 건 공부였다. 그래서 죽어라고 공부했다. 내 머리가 결코 좋지도 않고 공부머리도 아니라는 걸 공부하면서 깨달았다. 하지만 그럼에도 불구하고 나는 죽어라고 공부했다. 내가 갖출 수 있는 것은 오직 그것뿐이었으니까. 그것마저도 갖추지 못한다면 나는 나 스스로를 용서할 수가 없을 거 같았다. 죽어라고 노력한 덕인지 성적은 겨우겨우 상위권을 유지하고 있었다. 하지만 내가 죽어라고 노력해서 얻은 그것보다 재후가 가진 것들이 힘이 더 셌다. 나는 재후에게 웃어주는 지레를 보며 그걸 깨달았다.

180센티미터의 키에 운동으로 다져진 단단해 보이는 몸. 어디 하나 빠지지 않는 이목구비. 연예인 저리 가랄 정도로 작은 얼굴과 잔잔한 음악과도 같은 눈빛. 하지만 생김새보다 나에게 더 열등감을 느끼게 하는 것은 재후에게서 뿜어져 나오는 아우라였다. 재후에게는 넘사벽! 부티라는 것이 줄줄 흘렀다. 그건 어느 날 갑자기 갖출 수 있는 게 아니었다. 무릎 튀어나온 잠옷을 입어도 삼색슬리퍼를 질질 끌고 다녀도 절대 감출 수 없는 것이 그 부티라는 것이다. 궁상맞은 나와는 차원이 달랐다.

주방으로 달려가 찬물을 들이켜고 나자 속이 좀 뚫리는 거 같았다. 물컵을 든 채 베란다로 나갔다. 비는 여전히 쏟아지고 있었다.

"밥통이 고장 날 줄이야 꿈에도 몰랐네. 전자제품도 고장 나기 전에 언제쯤 고장 날 거라고 예고를 해주면 좀 좋아. 그럼 미리 고칠 텐데. 식탁에 구운 달걀 있으니까 하나씩 먹고 딱 십 분 뒤 모든 준비 완료하고 현관에 서 있어라."

안방에서 엄마가 소리쳤다.

정확히 십 분 뒤 엄마는 자동차 키를 들고 나왔다. 고급 수입차 로고가 새겨진 자동차 키를 엄마는 자랑스럽게 쳐들고 있었다. 이모 차였다. 외국으로 가면서 돌아올 때까지 엄마에게 타도 좋다고 했다. 요즘 엄마는 이모 차를 마르고 닳도록 타고 다닌다.

재후는 학교 갈 준비를 완료하고 현관에 서 있었다.

"성우 너는 뭐 해?"

"나는 걸어갈 거야."

이모 자동차에 재후와 나란히 앉아 학교에 가고 싶지 않았다. 그건 궁상맞은 내 모습을 더 불쌍하게 만드는 일이었다.

"그래? 그럼 그러든가."

엄마는 고개를 끄덕였다. 이 빗속에 어떻게 걸어가느냐고, 쓸데없는 소리 하지 말고 같이 가자고 한 마디라도 할 줄 알았지만 그건 내 착각이었다. 타라고 사정을 해도 타고 싶은 마음은 없지만 그래도 엄마가 그래주길 바랐는데 엄마는 두 말도 하지 않고 집에서 나갔다.

엄마와 재후가 나가고 나는 텅 빈 현관을 멍하니 바라봤다.

이 기분은 뭐지? 재후에게 사탕 한 봉지를 다 뺏기고 마지막으로 입 안에 있던 사탕까지 빼앗긴 듯한 이 기분은 뭐지? 엄마가 재후만 데리고 나갔다고 콧날까지 시큰해지는 유치찬란한 이 기분은 뭐냐고!

안방에서 아빠 코 고는 소리가 들렸다. 야근하고 새벽에 들어왔을 거다. 아빠 코 고는 소리가 오늘따라 궁상맞고 처량하게 느껴졌다. 나는 신발장에 달린 거울 속 내 모습을 뚫어지게 바라봤다. 아빠의 코 고는 소리처럼 내 모습도 처량해 보였다. 한참 후 나는 정신을 차리고 집에서 나왔다. 엘리베이터에서 내리는데 엄마가 서 있었다.

"여태 학교 안 간 거야? 지각이네, 지각. 대체 지금까지 뭐한 거야? 빨리 뛰어가."

"엄마."

"왜?"

"……"

"왜에? 불렀으면 말을 해, 말을."

"엄마는 자존심도 없어? 자존심 안 상하느냐고."

"뭔 소리야?"

"이모 자동차를 꼭 엄마 자동차처럼 끌고 다니는 거 자존심 안 상하느냐고."

엄마는 나를 쏘아보더니 아무 말도 하지 않고 엘리베이터에 탔다. 그러더니 조금의 망설임도 없이 닫힘 버튼을 꾹꾹

눌렀다.

학교에 도착했을 때는 이미 1교시가 시작되고 있었다. 교실 뒷문을 열고 들어서는데 모두의 눈이 내게로 쏠렸다. 나는 고개를 숙인 채 조용히 자리에 앉았다. 정수리로 영어 선생님의 눈빛이 쏟아지고 있다는 걸 확인하지 않아도 알 수 있었다.

"너 지난 시간에도 지각하지 않았냐?"

영어 선생님이 물었다. 무슨 그런 억울한 말을. 나는 초등학교 6년, 중학교 3년을 다니면서 지각은 처음이다.

"선생님. 오성우는 단 한 번도 지각이나 결석을 한 적이 없어요."

영조였다. 반갑지도 고맙지도 않았다.

"그래? 아무튼 왜 지각했는지 설명해라. 수업에 늦었으니 물어는 봐야 할 거 같아서 물어본다."

"성우, 아팠어요. 오늘 결석하는 건 줄 알았는데 왔네요. 역시 모범생은 달라요. 저 같았으면 그냥 하루 제꼈을 텐데요. 아, 선생님! 참고로 저는 오성우와 같은 집에 살아서 알고 있는 겁니다. 뻥치는 거 아니에요."

재후가 나섰다. 역시 반갑지도 고맙지도 않은 참견이었다.

"그래? 모범생이었나? 우리가 말하는 모범생에는 좋은 성적도 들어가는 법인데 네가 영어 성적은 별론가 보다, 그치? 내가 모르고 있는 걸 보면."

나는 그제야 고개를 들고 영어 선생님을 바라봤다. 나는 영어 성적이 제일 좋다. 영어 성적은 3학년 전체에서 다섯 손가락 안에 든다.

"선생님. 성우 영어 잘해요. 기말고사 성적이 나왔을 때 선생님이 칭찬했잖아요. 12번 문제를 3학년 전체에서 성우만 맞혔다고."

영조가 말했다.

"그래?"

영어 선생님은 생전 처음 듣는 말이라는 듯 놀랐다. 그러더니 탁자에 내려놨던 책을 집어 들었다.

"일부러 저러는 거야."

누군가 중얼거렸다. 요즘 그런 소문이 돌긴 돌았다. 영어 선생님은 올 3월 다른 학교에서 전근 왔다. 처음에 영어 선생님이 꼭 심각한 건망증을 앓고 있는 사람처럼 생뚱맞은 말을 했을 때 아이들은 우리 학교가 큰 학교에 속하는 편이고 학생 수도 많아서 헷갈리는 거라고 말했다. 영어 선생님이 첫 시간에 자기 소개를 할 때 늘 작은 학교에서만 근무했었다는 말을 했기 때문이다. 하지만 거의 중병 수준인 영어 선생님의 기억력에 요상한 소문이 퍼졌다. 영어 선생님이 우리 학교에 오기 직전에 있던 학교에서 학생에게 맞았다는 소문이었다. 싸가지라고는 눈을 씻고 찾아보려야 찾아볼 수 없는 안하무인, 개판인 아이라고 했다. 그 학교에서 그 아이에게 맞은 선생님이 한둘이 아니라는 말도 돌았다. 하지만 그 아이 아빠인지 할아버지가 일이 터질 때마다 아무 일도 없었던 식으로 일을 마무리 지었다고 했다. 영어 선생님은 그 일로 충격을 받았고 그래서 수업 외엔 아무것도 신경 쓰고 싶지 않아서 일부러 아이들을 모른 척한다는 소문이었다. 그 말이 사실이라면 영어 선생님의 행동이 이해가 되었다. 학생들 보기를 돌같이 하는 것이 겨우 매달려 있는 자존심을 챙기는 일이라고 생각할 수 있으니까.

"앞으로는 지각하지 마라."

영어 선생님은 영혼 없는 말투로 말하고는 끝냈다.

재후는 쉬는 시간마다 지레에게 갔다.

"오성우. 너 눈에서 지글지글 불이 끓는 거 같다. 재후랑 지레가 친하니까 막 열받는 모양이지? 질투 나니? 너 그러다 스트레스로 죽을 수도 있어. 지레가 뭐가 좋냐? 매일 턱을 이렇게 치켜들고 제가 세상에서 제일 잘난 줄 아는 재수 없는 애잖아. 오성우, 나는 어떠냐? 시크하고 모던하고 스마트한 내가 더 낫지 않냐?"

그렇지 않아도 심란해 죽겠는데 영조가 자꾸만 치근덕거렸다. 시크하고 모던하고 스마트한 사람이 어디 가서 다 죽었나 보다.

"자꾸 친한 척하지 마라."

나는 어금니를 꽉 깨물며 말했다.

"오성우. 너 그러다 후회해. 있을 때 잘하라는 말 모르냐? 예전에 아주 유명한 대중가요 가사에 있던 말이라는데 완전 명언이지. 내가 확 가고 나서 아, 그때 잘해줄걸 이러고 후회해봤자 소용없다."

"그런 협박은 안 해도 될 거 같다. 언제든 확 가라, 절대 말리지 않을 테니까, 제발 가라."

어이가 없어서 기가 찼다.

점심을 먹고 나자 거센 빗줄기는 점차 잦아들었다. 수업이 끝났을 때 비는 완전히 멎었다. 오늘 잘하면 달이 뜰 수도 있겠다.

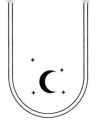

2000년 6월 3일

지레가 유리 진열장 앞에 서 있었다. 지레와 눈이 마주쳤다. 지레와 나는 한참을 서로 마주 보고 서 있었다. 몇 년 동안 이런 순간이 제법 많았다. 잠시 후 지레는 다시 유리 진열장으로 눈을 돌렸다. 그러더니 직원을 불렀다. 모든 것은 순식간에 이뤄졌다. 직원이 지레에게 다가가고 두어 마디 말이 오고 간 다음, 직원은 지레를 데리고 주방 뒤쪽으로 갔다.

'털장갑을 사려고?'

갑자기 걱정이 되었다. 이 카페의 요상한 판매 방식이 말이다. 가격은 비밀이었기 때문에 구매하기 전까지는 절대 알 수 없는 상태다. 한번 사겠다고 의사를 밝히면 무슨 일이 있어도 물건을 사야 한다고 했다. 지레에게 곤란한 일이 생길 수도 있다는 생각이 들었다.

얼마 후 주방 뒤쪽에서 직원만 밖으로 나왔다. 직원은 곧장 주방으로 가더니 마른 수건으로 싱크대와 오븐을 닦기 시작했다.

나는 초조하게 지레가 나오기를 기다렸다. 시간이 꽤 지났다. 점점 더 초조해지기 시작했을 때 지레가 주방 뒤쪽에서 나왔다. 지레는 아무 일도 없는 듯한 평온한 표정이었다. 직원은 유리 진열장에서 털장갑을 꺼내 정성스럽게 포장을 해 지레에게 내밀었다.

"제가 원하는 일이 이루어지나요?"

카페 안이 고요한 탓에 지레 목소리가 들렸다. 작지만 또렷한 발음이었다.

"예. 뭐에 홀린 듯 저절로 그 일이 이루어질 겁니다. 그 시간 동안 부디 행복하시길요."

직원이 말했다.

한 번쯤 지레가 내 쪽을 바라봐주기를 바랐지만 지레는 그대로 카페에서 나갔다. 지레가 대문 밖으로 사라지고 나서 나도 카페에서 나왔다.

언덕길을 거의 다 내려왔을 때쯤 걸음을 멈췄다.

'주방 뒤에 뭐가 있는 거지?'

생각해보니 이상했다. 사람의 눈이 미치지 않는 공간에서 이뤄졌을 거래. 정상적인 판매라면 그냥 카페 안에서 하면 되는 거 아닌가. 마약 거래도 아니고 밀수도 아닌 털장갑 하나 사는데 다른 이의 눈을 피해 은밀한 공간에서 할 필요가 있나? 수상한 냄새가 났다. 지레와 관련이 있다는 생각이 들자 모른 체할 수 없었다.

'이대로 돌아갈 수는 없어.'

나는 도로 구미호 카페로 달려갔다. 털장갑의 가격이 턱없이 비쌌을 수도 있다. 하지만 한번 사겠다는 의사를 밝혔으면 꼭 구매해야 한다는 협박을 받았을 수도 있다. 모자라는 돈은 나중에 갚으라는 조건을 걸고 말이다.

"다시 오셨군요?"

직원이 탁자 위를 치우다 돌아봤다.

"물어보고 싶은 말이 있는데요. 아까 그 여자아이, 털장갑을 사 갔나요?"

"털장갑을 사 가는 거 다 봤잖아요? 아주 유심히 보고 있던 데 새삼스럽게 그런 질문을 하다니."

"주방 뒤에는 왜 갔나요? 물건을 샀으면 바로 포장해주면 되는 거잖아요. 물건에 대한 정보도 포장해주면서 말해주면 되는 거 아닌가요? 그런데 왜?"

직원은 대답 대신 웃었다. 나는 웃음의 뜻이 뭔지 몰라 어리 둥절했다.

"보기에는 그다지 멍청해 보이지 않는데 상당히 멍청한 편이군요. 며칠 우리 카페에 와봤으면 묻는 말에 내가 어떤 대답을 할 건지 이미 눈치채야 하는 거 아닌가요? 주방 뒤에 왜 갔느냐고 물어보면 내가 뭐라고 대답할까요?"

"예?"

"주방 뒤에 왜 갔는지는 물건을 구매한 사람만 알 수 있습니다."

직원은 또박또박 말했다. 도대체가 물건을 구매하지 않는 사람이 알 수 있는 건 뭐냐고 묻고 싶었다.

"좋아요. 저거요."

나는 직원을 똑바로 보며 유리 진열장 안을 가리켰다. 호랑이를 잡으려면 호랑이 굴에 들어가라고 했다. 물건을 구매하면 주방 뒤로 갈 수 있을 것이고 그곳에서 어떤 거래가 이뤄지는지 알 수 있을 거다.

"아하, 다이어리요? 구매하시는 건가요? 그렇다면 따라오세요."

직원이 앞장섰다.

주방 뒤로 가자 빨간색 작은 문이 나왔다. 직원이 가볍게 문을 열자 어둠이 쏟아져 나왔다.

"구매를 원하는 손님입니다."

따각.

직원의 목소리와 함께 스위치 누르는 소리가 났다. 방 안은 환해졌다. 등받이가 넓고 큰 의자에 앉은 사람이 나를 빤히 쳐다보고 있었다. 백발의 노인이었다. 긴 머리를 위로 치켜올려 묶은 모습이 중국 영화에서 봤던 무술인 같았다. 날렵한 턱선과 작은 얼굴은 상당히 예쁜 얼굴이기도 했다. 하지만 긴 목 중간에는 툭 불거져 나온 뼈가 보였다. 남자들의 목에서만 볼 수 있는 뼈였다. 어깨선도 굵직굵직했다. 여자인지 남자인지 도무지 알 수가 없었다.

"어서 와라."

쉰 듯한 거친 목소리도 중성적이었다. 목소리로도 성별을 가늠할 수가 없었다. 노인이 이마에 몇 가닥 흘러내린 머리카락을 손으로 쓸어 올렸다. 뼈가 앙상한 탓인지 손가락이 유독 길어 보였다.

"뭘 사기로 했나?"

노인이 직원에게 물었다.

"다이어리요. 그 다이어리 꽤 오랫동안 팔리지 않았는데 드디어 임자가 나타났습니다."

직원은 말을 마치고 방에서 나갔다. 꽤 오랫동안 팔리지 않은 물건인데 드디어 살 사람이 나타났다니. 어쩐지 팔리지 않는 물건을 산 호구가 된 기분이 들었다.

"음."

노인이 책상 위에 있는 두툼한 공책을 펼쳤다. 잠시 뭔가를 읽은 노인은 고개를 끄덕였다.

"설문조사 내용, 포만바게트, 다이어리, 정확해. 정확히 맞아떨어져."

노인이 고개를 쳐들고 나를 바라보며 말했다.

"예?"

나는 노인이 무슨 말을 하는지 뜻을 알 수 없었다.

"네가 지금 간절히 원하는 거, 돈이잖니?"

맞는 말이다. 나는 설문조사를 할 때 그렇게 썼다.

"흐흐흐흐흐, 돈! 좋지. 이 다이어리를 가지고 가면 정해진 시간 안에서 그 갈망을 이룰 수 있다. 돈이 생기면 뭐에 쓰고 싶니?"

노인이 목을 쭉 빼고 얼굴을 앞으로 내밀었다.

"쓸 곳이 없을까 봐요? 있으면 쓸 곳이야 많지요."

재후와 나를 비교하며 가난한 것이 얼마나 비참한 것인지 요즘 아주 진하고 강하게 느끼고 있다. 돈만 있으면 재후에게서 흐르는 부티 정도는 아니어도 나도 때 빼고 광 좀 낼 수 있다. 재후가 머리를 깎는다는 유명한 미용실에 가서 머리만 깎아도 많이 달라 보일 거고, 재후가 퍼스널 트레이닝을 받는다는 곳에 가서 운동을 하면 내 몸도 한순간 달라질 거다. 그곳은 연예인들도 와서 운동하는 곳이라고 했다. 한마디로 돈만 있으면 내 라이프 스타일이 달라질 거고, 라이프 스타일에 따라 내 외모도 한층 업그레이드될 수 있다.

"으음. 하긴 그건 내가 걱정하고 궁금해할 일이 아니지. 이 다이어리를 사고 돈이 생기면 어디에 쓸 건지 네 머리에 간절하게 확 와닿는 일이 일어날 테니까."

노인이 알아듣지 못할 말을 했다. 돈 쓸 곳이야 지금도 수두

록하다.

"자, 여기에 사인부터 해라. 사인이라고 해서 당황할 거 없다. 다이어리를 네가 샀다는 기록을 남기는 거지."

노인이 공책을 내 앞으로 밀었다.

2000년 6월 3일, 다이어리
위의 물건을 구매한 것을 확인함
성명: 오성우

"잠시만요. 이 다이어리 가격이 얼마나 되나요? 저는 지금 5,000원밖에 없어요."

"사인하라니까. 가격 걱정은 하지 말고."

꼼꼼히 읽어봐도 다이어리를 샀다는 확인일 뿐 수상한 것은 없었다. 나는 내 이름 옆에 사인을 했다.

"지금부터 정신 똑바로 차리고 내가 하는 말 잘 들어라. 우리가 거래하는 데 있어서 아주 중요한 말들이지. 우리는 인간 세상의 시간 안에 머물지 않으니."

노인이 진지한 표정으로 자리를 고쳐 앉았다. 노인의 진지한 표정을 보자 내 몸의 모든 세포들이 바짝 고개를 쳐들었다. 인간 세상의 시간 안에 머물지 않는다는 말이 무슨 뜻이지? 인간이 아니라는 말인가?

"세상에 우연은 없어. 네가 간절히, 너무나 간절히 원하는 게 있기 때문에 설문조사 하는 이의 눈에 띈 거지. 이 다이어리가 죽은 사람들의 물건이라는 건 알고 있지? 안내를 받았지?"

"예. 죽은 사람들의 물건을 팔아달라는 의뢰를 받고 판매하고 있다고 직원한테 들었어요."

"크크크크크."

갑자기 노인이 웃음을 터뜨렸다.

"나는 말이다. 그 의뢰라는 말을 들을 때마다 꼭 누가 옆구리를 간지럽히는 것처럼 온몸이 근질거리고 웃음이 나온다. 의뢰라는 말은 참 근사하고도 고급스러운 말이지. 그 말을 쓴건 정말 탁월한 선택이었어. 우리 구미호 카페가 그 단어 하나로 엄청나게 업그레이드된 느낌이거든. 네가 구매 의사를 밝혔으니 사실대로 말하마. 구매자에게는 사실대로 말하는 게 우리의 철칙이거든. 그 물건들 말이다. 팔아달라고 의뢰를 받은 거 아니다. 망각의 강 근처에서 수집한 거지. 아, 쉬운 말로 하자면 주운 거다."

"예? 망각의 강이요?"

망각의 강은 죽은 영혼들이 이승을 떠나 저승으로 가기 위해 건너는 강이다. 사후세계를 그린 어떤 영화에서 봤다. 그강을 건너야만 이승의 기억을 다 잊을 수 있다고 했다.

"망각의 강 근처에서 주운 물건들이라고."

이 노인이 나를 놀리는 건가, 아니면 혹시 미친 노인?

"주운 물건이라고 사실대로 말하면 사람들은 구매하기를

망설일 거다. 아무리 좋은 물건이라도 주웠다고 하는 것과 의뢰를 받았다고 하는 것은 180도 다르지. 그래서 말이다. 약간의 양심의 가책을 느끼긴 하지만 의뢰를 받았다고 했지. 사람은 말이다. 죽으면 빈손으로 가야 하거든. 그동안 자기가 일궈놓은 것들이 아깝다고 해서 가지고 갈 수는 없어. 놓고 가기 아쉽다고 해서 가지고 갈 수 있는 것도 없어. 가난하게 살았던 자나 부자로 살았던 자나, 명예와 권력이 있던 자나 세상 한쪽 구석에 찌그러져 살았던 자나 빈손으로 가는 것은 공평하지. 빈손으로 왔다가 빈손으로 간다는 것을 모르는 이는 단 한 사람도 없어. 자신에게 주어진 이 세상에서의 시간이 끝났으니 당연한 거지. 그런데 말이다. 가지고 갈 수 없다는 걸 알면서도 뭔가를 손에 쥐고 절대 놓지 않는 자들이 있지. 장례식이 끝나고 저승사자를 따라가면서도 절대 안 놔. 딱 하나만 가지고 가게 해달라며 저승사자에게 통사정하기도 하지. 허락하지 않으면 따라가지 않겠다고 으름장을 놓기도 해. 하지만 이승의 물건을 들고 망각의 강을 건널 수는 없어. 온갖 방법을 다 써가며 들고 나섰다 하더라도 망각의 강 앞에서 버려야 해. 버려야만 그 강을 건널 수가 있거든. 우린 멍청한 그들이 버린 걸 주웠고."

마른침이 넘어갔다. 망각의 강을 오고 갈 수 있는 존재라면 대체 정체가 뭘까? 그런 존재가 실제로 있기는 하는 걸까?

"나는 심호라고 한다. 영원히 죽지 않는 불사조를 꿈꾸는 구미호지."

"예?"

"불사조를 꿈꾸는 구미호라고."

"사람으로 변신하고 사람의 간을 빼먹는 구미호요? 그 구미호를 말하는 거예요?"

"상당히 기분 나쁘구나. 나는 사람의 간이나 빼먹는 그런 구미호가 아니다. 영원히 죽지 않는 불사조를 꿈꾸는 구미호라고 좀 전에 말했잖아. 아아, 믿고 싶지 않으면 믿지 마라. 네가 믿든 믿지 않든 내가 불사조를 꿈꾸는 구미호 심호인 것은 달라지지 않으니. 자, 잘 들어라. 다이어리의 특이사항은 20일이다. 20일 동안 너는 다이어리 주인의 시간을 빌려다 살 수 있다. 다이어리 주인은 돈이 많던 사람이었지. 크크크, 네 마음속의 간절한 그 욕심이 이뤄지는 거야. 특이사항 20일 중에 이틀은 내가 가지고 간다. 중간에서 애쓴 값으로 딱 10퍼센트를 떼어 갖는 거지. 그 시간을 모아 천 년이 되면 나는 영원히 죽지 않는 불사조가 될 수 있지. 티끌 같은 날들이 모여 천 년. 그 천 년이 얼마 남지 않았다. 고집불통인 인간들을 만날 때는 포기하고 싶은 적도 많았던 인고의 세월이었지. 우리 구미호 카페를 오게 된 것은 너에게는 어마어마한 행운이라고 할 수 있지. 자, 다시 한번 말한다. 18일이다, 18일을 넘기면 절대 안된다. 18일째 되는 날 다이어리를 들고 카페로 와라. 달이 뜨지 않아도 네가 오면 대문이 열릴 거다. 대문으로 들어와 카페

뒤꼍으로 가면 아궁이가 있을 거다. 거기에서 다이어리를 태워라. 물건을 태우지 않으면 절대 안 된다. 이제 그만 가라. 잠깐! 다이이리값에 대해 말하지 않았군."

노인이 자리를 고쳐 앉았다.

"10퍼센트를 떼고 어쩌고 하지 않았나요?"

"그건 다이어리값이 아니야. 그건 죽은 자들의 물건을 줍느라 애쓴 값이지. 물건값은 따로 있다. 세상에 공짜는 없는 법. 네가 다른 이의 시간을 가져가서 살듯, 너도 네 시간 중에 어느 부분을 지불하게 될 거다. 물건값은 오늘 가져갈 수도 있고 중간에 가져갈 수도 있고 마지막 날 가져갈 수도 있다. 하지만 억겁처럼 기나긴 시간 중에 얼마 되지 않는 시간이니까 크게 아까울 건 없을 거 같다. 18일을 명심해라."

"실수로 18일을 넘기면 어떻게 되는데요? 죽어요?"

나는 유독 18일을 강조하는 노인을 보며 물었다.

"구미호는 죽음을 좌지우지하지는 못한다. 죽고 사는 것은 신들이 할 일이지. 18일을 넘기면 어떻게 되는지 그건 비밀이다. 하지만 너와 나의 거래는 양팔저울 양쪽에 올려놓고 보면 누가 더 이익을 갖는 것도 아니고 누가 더 손해를 보는 것도 아니다. 밖에 나가면 주의할 사항을 더 말해줄 거다."

노인은 의자를 뱅그르르 돌리고 등을 지고 앉았다. 방 안에는 한순간 고요가 찾아왔다. 내가 뭘 물어도 더는 대답해줄 분위기가 아니었다.

다시 카페로 들어갔을 때 직원은 다이어리를 곱게 포장해서 내게 건넸다.

"특이사항을 꼭 기억하세요. 그리고 주의사항을 말할 테니 잘 들으세요. 여기서 만난 사람을 밖에서 만난다면 말이에요. 여기서 있었던 일은 모른 척하세요. 그렇지 않으면 골치 아픈 일이 생기거든요. 무슨 말인지 알죠? 나 거기서 너 본 적 있다, 나는 이걸 샀는데 너는 뭘 샀니? 이러면서 방정 떠는 일이 없길 간절히 바랍니다. 그랬다가는 다이어리값보다 더 비싼 값을 지불하게 될 거예요. 하나를 지불하면 되는데 둘을 지불하게 되고, 그 지불한 것을 우리가 가지지 못하는 불상사가 생기게 됩니다. 손님들이 룰을 잘 지켜주어야 손님도 좋고 우리도 좋은 해피한 거래가 되는 거예요. 그리고 또 하나, 죽은 이의 시간은 오늘과 내일이 연결되지 않아요. 잘 기억하세요."

직원이 말했다.

"뭣 좀 물어봐도 되나요?"

"이미 경험해서 알고 있겠지만 궁금한 것에 대답을 못 할 수도 있어요. 비밀이라고 말할 확률이 아주 높다는 거지요. 그래도 묻고 싶으면 물어보세요."

"방 안에 있는 노인이요. 구미호라고 하던데 진짜 구미호 맞아요?"

"맞습니다, 구미호. 심호 님께서 밝히셨고 그건 더 이상 비밀이 아닙니다."

대답이 너무 쿨해서 당황스러웠다.

"그, 그럼……."

나는 턱으로 직원을 가리켰다.

"나요? 나는 꼬리라고 하지요. 아직 이름에 '호' 자를 달지 못한 애송이 구미호지요. 그럼."

직원이 허리를 숙여 보일 때 카페 문이 열리며 모자를 깊게 눌러쓴 남자가 들어왔다. 모자가 얼굴을 가리고 있고 조명도 어두워서 남자의 얼굴은 보이지 않았다. 하지만 옷차림이나 몸매를 봐서 나이가 꽤 들어 보였다. 어디가 아픈 듯 등은 구부정했고 걸음걸이도 불안정했다.

"어서오세요, 손님."

꼬리가 남자에게 조르르 달려갔다.

"저쪽 자리에 앉으시고 메뉴판을 찬찬히 살펴보신 다음 주문해주세요. 그 전에 카페를 둘러보셔도 좋겠습니다."

꼬리의 안내에 남자는 유리 진열장 앞으로 걸어갔다.

나는 밖으로 나왔다. 언덕길을 내려오는데 어느 순간 달이 자취를 감추더니 후드득! 빗방울이 떨어졌다. 빗방울은 금세 굵은 빗줄기로 바뀌었다. 집에 거의 다 와갈 때 굵은 빗줄기는 거센 바람을 동반했다. 하지만 검은 구름 위로 언뜻언뜻 달이 보였다. 신기한 일이었다.

당장이라도 길가에 쪼그리고 앉아 다이어리를 펼쳐보고 싶었다. 하지만 빗줄기가 얼마나 거센지 그럴 수가 없었다. 집으

로 돌아오는 내내 무슨 다이어리인지 궁금했다. 심호는 다이
어리 주인이 돈이 많은 사람이라고 했다. 그리고 특이사항의
시간 동안 나는 다이어리 주인이 되어 살 수 있다고 했다. 그
말은 다이어리 주인처럼 돈을 마음껏 쓸 수 있다는 뜻일 거다.

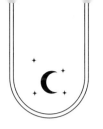

다이어리의 정체

다이어리를 포장한 종이 위에는 '18일'이라는 글씨가 쓰여 있었다. 18일이 그만큼 중요하다는 뜻 같았다.

"이게 뭐야?"

나는 당황했다. 다이어리는 누군가의 장부였다. 몇 년도 몇 월 며칠에 누군가에게 얼마를 빌려주었고 언제 받기로 약속했으며 이자는 어느 정도 받기로 했고 빌려준 돈에서 얼마를 받았으며 얼마가 남았는지 꼼꼼히 기록되어 있었다.

"나하고 이거하고 뭔 상관이야?"

다이어리 내용과 나를 연결을 시켜보려고 해도 연결이 되지 않았다. 그런 상황에서도 다이어리 주인의 입장이 이해가 되었다. 왜 죽어서도 이 다이어리를 놓지 못하고 망각의 강까지 들고 갔는지 말이다. 다이어리 주인이 빌려준 돈은 언뜻 봐도 어마어마했다.

"못 받은 돈이 하도 아까우니까 죽어서도 이걸 들고 가려고 했군. 이 사람의 아들딸은 없나? 이 장부를 자기가 들고 저승으로 가려고 할 게 아니라 아들딸에게 넘겨주었어야 되는 거 아닌가? 뭐 아들딸이 없었을 수도 있고 또 있다고 해도 아들딸에게 물려주고 싶지 않았을 수도 있지. 아들딸이 싸가지가 없어서 다이어리 주인에게 못되게 했을 수도 있고 말이야."

나는 온갖 상상을 다 했다.

"와, 그나저나 이자만 해도 어마어마하네."

다이어리 주인은 인터넷에 떠도는, 피를 빨아먹는 고리대금업자는 아니었다. 하지만 빌려준 돈의 액수가 크다 보니 이자로 받을 돈도 어마어마했다.

"설마 나한테 이 돈을 받아 쓰라는 건가?"

문득 이런 생각이 들었다. 하지만 곧 고개를 저었다.

"내가 이 돈을 무슨 수로 받아? 심호가 다이어리를 주운 때는 의뢰받은 날짜와 비슷할 거고 그건 다이어리 주인이 죽은 때와도 같아. 다이어리를 의뢰받은 날짜는 2000년 6월이야. 이렇게 시간이 많이 지났는데 누가 돈을 갚겠어? 그것도 진짜 돈 주인은 죽었는데. 돈을 빌려줬던 이들도 돈을 빌려준 사람이 죽었다는 걸 다 알고 있을 거고."

나는 다이어리를 덮으려다 낯익은 이름에 손을 멈췄다.

"강신도? 어디서 많이 듣던 이름인데."

분명 낯익은 이름인데 누군지 얼른 생각이 나지 않았다.

강신도라는 사람이 처음 빌린 돈은 1,500만 원이었다. 하지만 무슨 이유에시인지 이자를 제때 내지 못했다. 내지 못한 이자는 계속 늘어나고 그래서 갚아야 할 돈도 늘어났다.

"구석에 머리 박고 뭐 하나?"

그때 재후 목소리가 뒷덜미를 잡아당겼다. 나는 갑작스러운 재후의 등장에 소스라치게 놀라 벌떡 일어났다. 그 바람에 다이어리가 바닥에 툭 떨어졌다.

"일기 쓰냐?"

"남이야 일기를 쓰거나 말거나."

나는 다이어리를 집어 들며 재후를 힐끗 바라봤다. 재후의 온몸이 흠뻑 젖어 있었다. 비를 맞고 들어온 거 같았다.

재후는 책상 위에 휴대폰을 던져놓고 방에서 나갔다. 방바닥이 온통 빗물로 홍건했다. 짜증이 밀려왔다. 방바닥이 이 모양이면 방바닥부터 닦아야 하는 거 아닌가. 제 몸 하나는 끔찍하게 생각해서 먼지 하나만 손에 묻어도 엄청난 바이러스라도 달라붙은 듯 당장이라도 씻는 애가 함께 쓰는 방을 이따위로 쓰다니. 정수리가 뜨거울 정도로 열받고 있을 때 재후 휴대폰이 울렸다. 무심결에 눈이 갔다.

−엄마가 바빠서 전화를 못 받았어.

이모에게 온 카톡이었다. 나는 헛웃음이 났다. 이모는 백수다. 전업주부라는 말도 어울리지 않는다. 이모는 집안일을 전혀 하지 않으니까. 백수인 이모가 외국에 나가서 집안일을 할 리는 없다. 하긴 놀러 다니려면 바쁘긴 하겠다. 백수가 과로사 한다는 말도 있으니까.

카톡은 연달아 왔다. 갑자기 불안함이 스멀스멀 연기처럼 머릿속에서 피어올랐다. 설마 예정보다 외국에 더 오래 있는다는 말을 하는 건 아니겠지? 말도 안 되는 상상이라고 여기면서도 불안한 마음을 떨쳐낼 수 없었다. 재후 휴대폰을 집어 들고 나도 모르게 비밀 패턴을 풀었다. 나는 재후 휴대폰의 비밀 패턴을 알고 있었다. 일부러 알아내려고 했던 건 아니다. 재후가 푸는 걸 몇 번 무심코 봤는데 일자로 쭉 그리면 되는 패턴은 외우려고 하지 않아도 저절로 외워졌다.

–엄마가 바빠서 전화를 못 받았어.

–돈 필요하면 이모한테 말해. 이모한테 네가 쓸 정도는 맡겨놓고 왔거든.

–어쩌면 아빠가 이곳 지사에 더 있을 수도 있어.

–1년 정도? 아직 정확한 건 아니야.

쿵! 뒤통수를 제대로 얻어맞은 기분이었다. 불안한 예감은 늘 맞아떨어졌다. 한두 달도 아니고 1년씩이나? 아들을 이런 식으로 방치해도 되나요? 이모 아들, 내년이면 고등학생이에요. 비록 공부를 지지리도 못하지만 그래도 대학이라는 곳에는 가야 하지 않겠어요? 요즘 재후 연애하느라고 바빠요. 여자아이한테 홀딱 빠져서 못 봐줄 정도라고요. 제발 빨리 돌아와서 방치한 아들 좀 제대로 돌보세요. 제 소원입니다. 이러고 문자를 보내고 싶어 손가락 끝이 간지러웠다.

나는 내가 문자를 확인했다는 것이 들킬까 봐 문자 내용을 모두 삭제했다. 그러자 맨 위에 '지레'가 떴다.

'지레랑도 매일 채팅하는 거야?'

나는 재빨리 지레와의 채팅창을 클릭했다. 하지만 내용도 읽기 전에 욕실 문 여닫는 소리가 났다. 나는 재빨리 휴대폰을 책상 위로 던졌다.

"무슨 비가 이렇게 많이 오냐?"

재후는 속옷 차림으로 머리의 물기를 털며 방으로 들어왔다. 그러고는 서랍장에서 새 속옷을 꺼낸 다음 아무렇지도 않게 속옷을 훌훌 벗고 갈아입었다.

"야. 같은 방을 쓰면 기본적으로 지켜주어야 할 게 있는 거 아니냐? 내가 여기서 이러고 쳐다보고 있는데 벌거벗냐? 야, 그러면 내가 기분이 어떨 거 같냐?"

몸 좋다고 자랑하는 게 분명한가 본데, 그렇다고 해서 내가 부러울 거 같냐? 뭐 솔직히 부럽긴 하다.

"기분이 어떤데?"

재후가 속옷을 입다 멈추고 돌아봤다.

"뭐?"

"기분이 어떠냐고?"

뭐 이런 질문이 다 있지?

"너 혹시……."

재후가 눈을 가늘게 뜨고 바라봤다. 얘가 뭐래? 대체 무슨 생각을 하는 거야?

"에라, 미친놈아."

나는 베개를 집어 재후에게 던졌다.

재후가 낄낄거리고 웃었다. 해맑았다. 해맑아도 너무 해맑았다. 나 같으면 저만 떼어놓고 외국으로 나간 엄마를 원망도 할 텐데 말이다. 고급 빌라에 살다가 좁디좁은 내 방에서 지내는 게 열받을 텐데 말이다.

"방바닥이나 닦아라."

나는 소리를 지른 다음 방에서 나왔다. 그리고 한참 후에 다시 방으로 들어갔다.

재후는 이불을 뒤집어쓰고 누군가와 계속 문자를 주고받는 것 같았다. 비밀이라고는 없는 놈이 유별스럽게 뭘 감추려고 하는 걸 보면, 누가 보거나 말거나 속옷도 훌훌 벗어버리는 놈이 이불까지 뒤집어쓰고 그러는 걸 보면 채팅을 하고 있는 주인공은 보나마나 지레라고 추측되었다. 그 생각을 하자 정수리가 뜨끈뜨끈해지고 숨이 턱턱 막혔다.

나는 밤새 배신감에 몸을 떨었고 그 배신감 때문에 질질 짜기도 했다. 나하고 지레하고 무슨 상관이냐고, 아닌 말로 지레가 내 여자 친구도 아니다. 스스로 나를 위로하려고 해도 위로가 되지 않았다.

아침에 일어났을 때 머리가 깨질 거 같았다.

"재후야. 돈 필요하면 말해. 어제 엄마한테 문자 왔더라고. 뭐 필요한 거 없는지 물어보라고. 너도 문자 받았지?"

아침을 먹으며 엄마가 말했다. 가슴이 뜨끔했다.

"돈, 별로 필요 없어요."

재후는 시큰둥했다.

"그래? 나중에라도 필요하면 꼭 말해."

"아. 필요하다. 돈 주세요."

재후가 생각났다는 듯 말했다.

"그래? 얼마나? 어디에 쓸 건데?"

"엄마가 어디에 쓸 건지 물어보래요?"

"응? 으응, 아니야. 그건 아니고. 그냥 이모가 궁금해서 그러지."

엄마가 당황하면서 고개를 저었다. 재후가 저렇게 나올 줄은 몰랐을 거다. 당연히 어디에 쓸 건지 조목조목 말할 줄 알았을 거다. 나는 늘 그러니까. 엄마는 단돈 1,000원을 줘도 어디에 쓸 거냐, 얼마를 쓰고 얼마를 남길 거냐, 돈 아껴 써라, 이러면서 돈 받을 마음이 싹 사라지게 만든다.

"얼마 줄까?"

엄마가 물었다.

"글쎄요. 한 50만 원 정도? 아니면 100만 원?"

나는 눈알이 튀어나올 거 같은 충격을 받았다. 50만 원이나 100만 원을 달라는 말을 1,000원 달라는 말처럼 쉽게 하다니. 엄마도 놀란 눈치였다.

"생각보다 큰 액수구나. 하, 하지만 피, 필요하면 줘야지."

엄마 입술이 파르르 떨렸다. 놀라긴 놀랐겠지만 솔직히 말하면 엄마 돈도 아니고 돈 주인이 자기 돈을 찾아가겠다는데 입술을 떨 것까지야.

"그런데 재후야. 50만 원이나 100만 원이 결코 적은 돈은 아니거든. 엄마가 궁금해하면 뭐라고 해야 할까?"

"우리 엄마는 별로 안 궁금해할걸요. 아니다. 이모, 그러지 말고요. 제가 필요한 물건이 있는데 이모가 직접 사다 주시면 안 될까요? 저보다는 이모가 더 잘 고르실 거 같아요. 이모는 세련되고 눈썰미가 있잖아요. 감각도 있고요."

얘가 대체 뭔 말을 하려고 누가 봐도 아부성 발언을 눈 하나 깜짝이지 않고 하는 건지 모르겠다.

"뭐, 그렇지. 내가 팍팍 쓸 돈이 없어서 그렇지 물건을 사는 데 있어서 눈썰미가 있는 편이지. 지금에서야 말인데, 예전에 니네 엄마 옷이나 악세사리 같은 거, 내가 다 골라줬거든. 뭐가 필요하니?"

"반지요."

"반지? 너, 반지 끼고 다니려고?"

"제가 낄 건 아니고요. 누구한테 선물하려고요. 중학생이 낄 건데 어떤 반지든 상관없어요. 모던한 디자인이면 좋을 거 같아요. 음, 사이즈는 제 새끼손가락보다 좀 큰 정도면 될 거 같고요."

재후 말에 갑자기 지레 얼굴이 눈앞에 떠올랐다. 반지를 선물하는 거면 지레와 사귀기로 한 거잖아? 나는 숟가락을 놓고 일어났다. 막 넘긴 밥이 가슴 중간에 걸렸다.

"싹싹 좀 긁어 먹지, 이게 뭐니? 이런 식으로 남기면 버려야 하잖아. 요즘 물가가 얼마나 비싼데."

엄마가 내 밥그릇을 보며 말했다. 밥 몇 숟가락이 설마 반지 값보다 비싸겠느냐고 한마디 하고 싶은 걸 참았다.

재후는 콧노래를 흥얼거리며 앞머리를 살렸다. 콧노래를 흥얼거리며 교복을 입고 콧노래를 흥얼거리며 가방을 멨다. 그리고 콧노래를 흥얼거리며 방에서 나갔다.

"요즘 순금 한 돈에 얼마나 하지? 아니야, 학생인데 순금은 너무 과하지. 18K는 한 돈에 얼마 하지? 아니지, 아니야. 학생이 무슨 18K. 14K도 괜찮아. 백화점에 나가봐야 하나. 그런데 대체 누구한테 선물하려고 하는 거지?"

엄마는 거실 바닥에 앉아 휴대폰에 코를 박고 중얼거리고 있었다.

"재후한테 여자 친구 생겼니?"

엄마가 물었다. 나는 대답 대신 얼굴을 찡그렸다.

"여자 친구 생겼느냐고?"

"그걸 내가 어떻게 알아."

"왜 성질이야? 오성우. 너 재후한테 좀 잘해."

엄마가 뜬금없는 말을 했다.

"잘하기는 뭘 잘해? 지금 홧병으로 죽게 생겼는데."

진심이었다.

"얘가 뭐래? 네가 왜 홧병으로 죽어? 재후한테 잘한다고 홧병으로 죽어?"

"응. 재후한테 잘하다가는 홧병으로 죽을 수도 있어. 아니지, 죽을 수도 있는 게 아니라 죽어."

나는 현관문이 부서져라 닫으며 집에서 나왔다.

교실에 들어서는데 차마 눈 뜨고는 바라볼 수 없는 광경이 펼쳐지고 있었다. 재후가 지레 의자에 엉덩이를 들이밀고 찰싹 달라붙어 있었다. 재후의 한쪽 팔이 한순간 지레 어깨에 척 걸쳐질 것 같았다. 입 안이 바짝 말랐다. 긴장의 세포들이 바짝바짝 곤두섰다. 띵한 머리가 터질 것 같았다. 나는 심호흡을 했다.

"오성우."

그때 어디선가 영조가 나타났다. 오늘따라 코에다 바람을 빵빵하게 넣었는지 코맹맹이 소리를 했다.

"부탁인데 제발 친한 척 좀 하지 마라. 내가 몇 번이나 말한 거 같은데. 너는 왜 사람이 말을 하면 듣지를 않냐? 그러다 어떻게 되는 줄 알아?"

"너한테 친한 척하면 잡혀가?"

영조가 물었다.

"아니, 나한테 죽어."

나는 영조 앞으로 주먹을 들이밀었다.

"그리고 한마디 더 하는데, 너 코에서 그 바람도 빼라. 들을 때마다 내가 더 답답하다. 비염이면 치료 좀 하고."

그때였다. 재후 팔이 지레 어깨에 걸쳐졌다. 나는 교실 천장이 머리 위로 내려앉는 듯한 충격을 받았다. 주저앉지 않으려고 다리에 힘을 주었지만 비틀거리는 건 어쩔 수 없었다.

"오성우. 괜찮냐?"

영조가 물었다.

"제발 좀! 나 좀 가만두라고."

나는 소리를 빽 질렀다. 모두의 눈이 나에게 쏠렸다. 지레와 재후도 나를 바라봤다. 지레와 눈이 마주치는 순간 가슴속에서 뜨거운 것이 목구멍으로 솟구쳐 올랐다.

"나는 외모만 보고 홀라당 넘어가는 그런 아이는 딱 질색이야."

나는 영조를 쏘아보며 말했다.

"뭔 소리야?"

영조가 눈을 끔벅거렸다.

"선물에 홀딱 넘어가는 벨 없는 아이는 딱 질색이라고."

"뭔 말이냐고?"

영조가 어깨를 으쓱 올려 보였다. 뭔 말이긴, 지레에게 하고 싶은 말이지. 하지만 지레한테 대놓고 할 수는 없는 말이기도 했다.

"이영조."

나는 영조를 똑바로 바라봤다.

"나는 네가 싫어. 싫다고."

분명히 말했다. 잠시 영조 눈빛이 흔들렸다. 하지만 곧 제자리를 찾았다.

"친구는 다양하면 다양할수록 좋아. 자기가 좋아하는 스타일의 사람만 고집하면 유유상종! 똑같은 것들끼리만 모이게 되거든."

무슨 애가 열받을 줄도 모른다.

"오성우. 나는 네가 좋다."

영조가 말을 하며 꺄르르 웃었다.

"너 혹시 초등학교 때 내가 너를 구해준 그 급식실 사건 때문에 나한테 이러는 거면 이제 그만해도 된다. 대단한 것도 아닌데 두고두고 은혜 갚지 않아도 된다고. 네가 까치냐? 은혜 갚는다고 쇠종을 머리로 들이박고 죽어봐야 속이 시원하겠어?"

초등학교 3학년 때다. 영조는 급식 시간마다 식판을 앞에 놓고 질질 울었다. 잘 먹던 애가 무슨 일이 있었는지 모르지만 계속 그랬다. 선생님은 받은 밥과 반찬은 남기지 말라고 말했고, 영조는 식판을 쳐다보며 점심시간이 끝날 때까지 울기만 했다. 나는 영조가 하도 불쌍해서 선생님 눈을 피해 영조 밥을 대신 먹어주었다. 그 뒤부터 친한 척인데, 친한 척하거나 말거나 상관하지 않았다. 영조가 친한 척하는 게 나에게 어떤 손해도 끼치지 않았으니까. 하지만 중학교에 입학하고 나서 지레를 만났고 그 후부터 내 마음은 달라졌다.

'지레가 나하고 영조 사이를 오해하면 안 돼.'

나는 영조와 거리를 두려고 했다. 말도 매몰차게 했다. 하지만 영조는 내게 접착제라도 붙여놓은 아이처럼 수시로 달라붙어 치근덕거렸다.

"응. 나는 머리로 쇠종을 들이박고 죽은 까치가 되고 싶어. 급식실 사건만 있었던 거 아니야. 체육복 사건도 있었어. 5학년 때 말이야."

영조가 말했다.

5학년 때 영조 반 담임선생님은 체육 시간에 체육복을 입지 않는 것을 무지하게 싫어했다. 체육복을 입지 않았다고 해서 대놓고 야단치거나 어떤 압력을 가하지는 않았지만 그 반 아이들이 하는 말을 들으면 무언의 뭔가가 있었다. 모멸감 같은 걸 받았고 그날 그 시간은 지옥이라고 했다. 어느 날 체육복을 가져오지 않아 다른 아이들이 모두 나간 빈 교실에서 질질 울고 있는 영조를 봤다. 나는 영조에게 내 체육복을 빌려줬다. 개인적인 감정은 전혀 없었다. 그러니까 그걸 뭐라고 표현해야 할까? 인도적 차원이라고 말한다면 거창하겠지. 아무튼 나는 영조를 구해주어야겠다는 생각을 했고 행동으로 옮겼다. 그 사건은 까마득하게 잊고 있었다. 몇 년 만에 처음으로 소환하는 기억이었다.

수업을 시작하기 전까지 재후는 지레 옆에서 떨어지지 않았다. 수업을 시작하는 종이 울리자 마지못해 자리로 돌아갔다.

나는 쉬는 시간마다 교실에서 나왔다. 쉬는 시간에 재후가 뭘 할지는 안 봐도 뻔하다. 자리에 앉아 그 꼴을 보면 진짜 죽을 거 같았다.

'심호인지 뭔지 그 구미호, 완전 사기꾼이잖아? 다이어리를 구매하면 18일 동안 내가 원하는 대로 살 수 있다고 하지 않았나? 심호 말이 사실이라면 아침에 일어났을 때 돈이 한 보따리 내 앞에 딱 떨어져 있어야 했던 거 아니야?'

돈이 생기면 나도 당장 지레에게 반지를 선물하고 싶었다.

"오성우, 뭘 좀 물어봐도 돼?"

영조가 다가와 물었다.

"네가 언제는 내 의사 물어보고 말했나?"

갑자기 왜 이런담. 낯설게.

"너는 내가 왜 그렇게 싫어?"

의외의 질문이었다. 나는 영조를 빤히 바라봤다. 평소의 영조와는 좀 다른 표정이었다. 뭔가 진지해 보이기도 하고 심각해 보이기도 했다.

"알고 싶어?"

"응."

나는 마음을 다잡았다. 다시는 앞에서 얼씬거리지 못하게 하는 강력한 펀치가 필요했다. 강력한 펀치는 있었다. 하지만 함부로 날릴 수 없는 펀치다. 그 펀치를 맞았을 때 어떤 고통과 통증이 찾아오는지 나는 잘 알고 있다. 나 역시도 시시때때로 그런 고통과 통증을 맛보고 있으니까. 그래서 웬만하면 날리고 싶지 않았다. 하지만 날려야 한다. 영조가 자꾸 치근덕거리면 지레가 이상하게 생각할 수도 있다. 내 첫사랑에 영조가 방해가 될 수 있다. 아닌 말로 나와 영조가 사귀었던 사이도 아니고 그런 오해는 억울하다.

"듣고 나서 공연히 물어봤다고 후회하지 않을 거지?"

"안 해."

"분명 네가 원해서 말해주는 거다. 자존심 상한다고 나 원망하지 말기다. 나는 어묵 냄새가 싫거든. 순대 냄새도 싫고."

"무슨 뜻이야?"

"말 그대로야. 어묵 냄새도 싫고 순대 냄새도 싫어."

영조가 나를 빤히 바라봤다. 영조 표정이 점점 굳어졌다. 펀치가 제대로 들어간 게 보였다. 그 충격이 얼마나 대단한지도 느낄 수 있었다. 너무 강력했나, 살짝 후회가 되며 미안한 마음이 들려고 할 때였다.

"왜 싫을까? 어묵하고 순대가 얼마나 맛있는데?"

영조는 굳었던 표정을 폈다. 그리고 웃었다. 누가 들어도 가난하고 청승맞은 아이는 별로 안 좋아한다는 뜻인데 그걸 못 알아먹다니. 언제 어느 때고 해맑게 웃는 것은 재후와 닮았다.

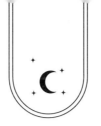

동명이인?

'완전 대박.'

강신도는 영어 선생님 이름이었다. 생각날 듯 말 듯 머릿속에서 맴돌기만 하더니 번개가 치듯 떠올랐다.

다이어리에 있는 강신도가 영어 선생님인 강신도가 맞는다면 그야말로 충격이었다. 학교 선생님이 남의 돈을 빌려 쓰고 떼어먹었다니. 돈을 빌린 후 단 한 번도 이자를 주지 않았다니. 학생들에게 모범이 되어야 할 교사가 남의 돈을 빌려 쓰고 입을 싹 닦았다는 말인데 양심을 국에 말아 푹푹 퍼 먹은 것도 아니고 도통 이해가 되지 않았다. 나는 영어 선생님에게서 눈을 떼지 못했다. 말하는 거나 행동하는 거나 약간 어리숙하긴 하지만 뻔뻔한 구석은 없어 보이는데. 역시 사람은 겉모습만 보고 판단하면 안 된다는 생각이 들었다.

'남의 돈 떼어먹고 잘 사는 건 아닌가 보다.'

나는 엄마가 했던 말을 기억했다. 엄마는 고등학교 때 절친한 친구한테 돈을 빌려준 적이 있었다. 당장 다음 날 준다고 약속했단다. 중학생인 내 기준으로 봐도 아주 큰돈은 아니었다. 하지만 엄마는 그 돈을 받지 못해 속을 끓였다. 끝내 엄마 친구는 전화번호를 바꿨다. 내가 봐도 유치하기 이를 데 없었다. 절친의 돈을 떼어먹기 위해 전화번호까지 바꾸다니. 나중에 확인해보니 전화번호만 바꾼 게 아니라 이사까지 갔더란다. 엄마는 집을 팔고 사는 문제가 하루아침에 이뤄지는 것도 아니고 이미 이사 갈 계획이 있었을 거라고 했다. 엄마에게 돈을 빌리면서 그런 말을 단 한 마디도 하지 않은 것은 고의적으로 돈을 떼어먹으려고 작정한 거라고 했다. 엄마는 눈물을 머금고 그 돈 떼어먹고 얼마나 잘 사는지 두고 보자며 돈을 포기했다. 그런데 엄마의 다른 친구가 전해준 소식에 의하면 그 절친의 남편이 하던 사업이 어느 날 갑자기 쫄딱 망했다고 했다. 엄마는 남의 돈을 떼어먹는 사람치고 잘되는 사람 못 봤다는 말을 했었다. 엄마가 했던 말이 새삼 진리이며 명언처럼 여겨졌다. 영어 선생님의 구부정한 어깨며 이마에 깊게 패인 주름, 늘 피곤해 보이는 거무튀튀한 피부는 결코 잘 사는 사람의 모습은 아니었다. 외모만으로는 돈을 떼먹은 사람이 아니라 돈을 떼이고 불면증에 시달리는 사람 같았다.

'아무리 봐도 돈 떼먹은 사람 같지는 않은데…… 동명이인?'

어쩐지 그럴 확률이 높을 거 같았다. 강신도라는 이름이 결코 특이한 이름은 아니다.

'무턱대고 욕할 게 아니라 다이어리에 있는 강신도가 영어 선생님과 같은 사람인지 확인부터 해봐야겠다.'

하지만 무슨 수로 확인할 수 있을지 방법은 떠오르지 않았다. 영어 선생님을 찾아가 다짜고짜 예전에 1,500만 원을 빌린 적이 있지 않느냐고 물어볼 수도 없고.

'아, 전화번호!'

돈을 빌려간 사람 이름 옆에 전화번호가 쓰여 있었다. 집에 가는 대로 확인하고 바로 전화를 해봐야겠다고 마음먹었다. 하지만 곰곰이 생각해보니 문제는 또 있었다. 통화가 되었을 때 강신도라는 사람이 나에게 누구냐고 물어보면 뭐라고 대답해야 할까. 다이어리 주인은 2000년 6월 3일에 죽었다. 돈을 빌려줬던 사람이 20년도 훨씬 지나서 나타나면 의심부터 할 수 있다. 그리고 돈을 갚아야 할 채무자 입장에서는 돈을 빌려준 사람이 죽었다는 걸 알고 있을 확률이 높다. 돈 갚아라, 이자 내라, 이러던 사람이 어느 날 갑자기 조용해지면 당연히 이유를 확인해봤을 거다.

'아들이라고 할까? 아니면 손자?'

다이어리 주인에 대한 정보가 하나도 없는 상황이라 난감했다.

'유산 상속을 받은 사람인데 채무 관계를 기록해놓은 장부

가 늦게 발견되었다고 말하자.'

이 방법이 가장 좋은 방법이었다. 아들과 딸이 없어도 누군
가에게 유산은 상속되었을 테니까.

"재후는?"

현관문을 열자마자 소파에 앉아 있던 엄마가 물었다.

"내가 어떻게 알아? 나하고 재후가 세트야?"

"성우 너 요즘 왜 그래? 말끝마다 짜증 부리고 까칠하고. 말
할 때마다 목소리에 가시가 돋쳐 있네. 참으려고 해도 도저히
못 참겠어. 뭐 불만 있어? 오늘 얘기 좀 해보자."

"얘기할 거 없어."

"우리 성우가 무슨 불만이 있겠어? 우리 성우 같은 애도 드
물어. 아함. 몇 시나 되었지?"

그때 아빠가 하품을 늘어지게 하며 안방에서 나왔다. 아빠
는 팅팅 부은 눈을 끔벅거리며 엄마 옆에 털썩 앉았다.

"당신은 요즘 알바 안 하나? 알바 가는 걸 통 못 본 거 같아."

아빠가 하품 끝에 나오는 눈물을 훔치며 물었다.

"알바를 왜 해? 그거 해서 몇 푼 번다고. 그리고 기분 되게
나쁘네. 알바 안 하냐고? 당신은 내가 죽으나 사나 알바를 했
으면 좋겠어? 매일 물에 손 담그고 남이 먹은 밥그릇이나 닦고
서빙이나 했으면 좋겠느냐고. 하루 종일 마트에 서서 남이 욕
해도 웃고 성질 부려도 웃고 그래야 속이 시원하겠느냐고?"

아닌 밤중에 홍두깨라고 자다가 일어나 무자비하게 날아오는 펀치를 맞는 아빠는 정신이 하나도 없어 보였다. 내 학원비라도 벌어야 한다며, 집에서 놀면 누가 그 비싼 학원비를 보태주느냐면서 아빠를 무능력한 사람으로 만들고 학원에 다니는 나를 불효자로 만들어놓고 알바를 시작한 것은 엄마였다. 아빠는 조금 부족해도 부족한 대로 살자며 알바는 무슨 알바냐고 말렸었다. 그런데 아빠에게 등 떠밀려 어쩔 수 없이 알바를 한 사람처럼, 꼭 아빠와 나를 위해 노동력을 착취당한 사람처럼 말하고 있다. 엄마 말이 불편한 듯 슬그머니 일어나던 아빠가 벽에 걸린 시계를 보고 불에 덴 듯 놀랐다.

"저 시계 맞아?"

"그럼 맞지. 틀린 시계를 왜 걸어놔."

말투가 얼마나 뾰족하고 날카로운지 살짝 닿기만 해도 찔려서 피가 나올 거 같았다.

"지금 오후 세 시 오십 분인 거 맞아?"

"그럼 오후지, 밖이 저렇게 환한데 새벽이겠어?"

"으악, 큰일 났다. 지각이네, 지각이야. 다섯 시까지 가야 하는데. 왜 안 깨웠어? 세 시에는 깨워줘야지."

"나이가 한두 살이야? 매일 깨워주게? 나도 바빠. 일어나는 것 정도는 스스로 해."

아빠는 안방으로 뛰어 들어가 바람처럼 옷을 갈아입고 나왔다.

"저렇게 낮밤 바꿔가며 일해서 몇 푼이나 번다고."

아빠가 현관문을 열 때 엄마가 혼잣말처럼 중얼거렸다.

"엄마는 그런 말을 하면 어떻게 해?"

나는 아빠가 그 말을 들었을까 봐 걱정이 되었다. 나 역시 시시때때로 아빠를 원망할 때도 있지만 그래도 아빠가 열심히 일하는 것은 알고 있다. 아빠는 최선을 다하고 있다. 아빠가 해야 할 일을 엄마 말대로 낮밤 바꿔가며 열심히 하고 있다.

"내가 뭐 없는 소리 했니? 낮밤 바뀌어가며 죽어라고 일해도 몇 푼 못 벌잖아. 내가 말이다, 오성우. 비교 대상이 없을 때는 이 정도가 아니었거든. 돈을 팍팍 못 벌고 못 쓰는 게 속상하기는 했지만 그럴 수도 있다고 생각했지. 가난은 조금 불편할 뿐 창피한 건 아니라고 했잖니. 솔직히 우리가 가난하다고 단도직입적으로 말할 정도로 궁핍하게 사는 것도 아니었고 말이야. 그런데 이모와 비교하면 요즘 내 처지가 슬퍼. 사실 이모가 부자인 건 알았지만 이 정도로 부자인 줄은 몰랐거든. 오성우, 너는 정신 똑바로 차리고 공부 열심히 해. 그래야 좋은 직업을 갖거나 좋은 직장에 들어갈 수 있고 가난하지 않게 살 수 있는 거야. 알았어? 오성우, 가난은 슬픈 거야. 그런데 애는 어디서 뭐 하느라고 아직 안 오는 거지?"

엄마는 재후에게 전화를 해서 어디냐고 물었다. 재후는 집에 거의 다 왔다고 했다.

"이모가 어디 잠깐 다녀와야 하거든. 냉장고 안에 마카롱 사다놓은 거 있으니까 먹어."

재후에게 엄마는 한없이 친절했다.

엄마는 옷을 갈아입고 자동차 키를 들고 나왔다.

"잠깐 백화점에 다녀올게. 재후가 부탁했던 거 주문해놨는데 도착했다고 문자 왔더라. 아참, 성우야. 너도 백화점 지하 주차장 가봤지?"

엄마가 뜬금없는 질문을 했다.

"백화점 지하주차장? 가보긴 가봤지."

백화점에서 뭘 샀던 기억은 거의 없었다. 하지만 백화점 푸드코트에서 국수를 사 먹은 기억은 많았다. 어렸을 때 나는 백화점이 국수 먹는 곳인 줄 알 정도였다. 아빠는 회사 차를 끌고 다녔기 때문에 백화점에 갈 때도 늘 회사 차를 타고 갔었다. 아빠 회사 이름과 로고가 크게 그려진 경차를 백화점 지하 주차장에 주차했던 기억이 있다.

"지하주차장 들어가자마자 바로 VIP 주차장이 있거든. 다른 주차 공간은 꽉 차도 거긴 널널할 때가 많아. 하지만 아무리 널널해도 백화점 VIP가 아니면 절대 거기에 주차할 수 없어. 오성우, 너 생각 안 나? 예전에 왜 거기에 주차하지 못하게 하느냐고 직원한테 소리소리 질렀었는데."

아, 그 일? 당연히 기억난다. 엄마는 그날 울기까지 했으니까. 백화점에 열무국수를 먹으러 간 날이었다. 날씨는 푹푹 찌는데 자동차 기름이 거의 바닥이라고 했다. 깜박 잊고 주유를 하지 않고 그대로 백화점 주차장에 들어갔는데, 날씨가 엄청 더운 탓에 모두들 시원한 백화점으로 몰려왔는지 주차장이 꽉 찼었다. 기름이 바닥이라 에어컨도 틀지 못한 채 주차장을 돌다 밖으로 나왔다. 주유를 한 다음 엄마가 다시 백화점으로 가자고 했다. 아빠는 그냥 밖에서 국수를 먹자고 했지만 엄마가 고개를 저었다.

"내가 아까 빈자리를 분명 봤거든. 널널하던데 우리가 못 보고 지나갔어. 그리로 가면 주차할 수 있어."

엄마는 큰소리쳤고 우리는 다시 백화점으로 갔다.

엄마가 말했던 널널한 곳은 백화점 VIP 고객들만 이용할 수 있는 곳이었다. 차가 그곳으로 진입하려고 하자 직원이 막았다. 하지만 사람은 뭘 모를 때 용감한 법이다. 엄마는 차창을 내리고 인상을 팍 쓴 채 "들어가는데 왜 막아요?" 이러고 소리쳤다. 직원이 뭐라고 설명을 했지만 엄마는 듣지 않고 차가 들어가야 하니 저리 비키라고 소리쳤다. 뭐라고 설명하던 직원은 엄마가 막무가내 소리치자 결국 옆으로 비켜섰다.

그곳이 VIP 고객들만 이용하는 곳이라는 걸 안 건 국수를 먹고 주차장으로 갔을 때였다. 배도 부르고 더위도 싹 가신 다음 주차장으로 갔을 때 번쩍번쩍 빛나는 대형 승용차 사이에 초라하게 서 있는 아빠 회사 차가 눈에 들어왔고, 분위기가 좀 이상하다고 느낀 엄마는 주변을 두리번거렸다. 그리고 그곳은 우리가 들어갈 곳이 아니었다는 걸 알았다. 그날 엄마는 울었다. 막무가내로 소리를 질러댔던 그 직원을 다시 만날까 봐 밖으로 나올 때까지 의자 아래로 내려가 앉아 있어야 했던 엄마 자신이 초라하다고, 쪽팔린다고 울었다. 그날 기억은 절대 지울 수 없는 기억이었다.

"이모 차는 거기에 주차시켜. 백화점에서 얼마를 써야 그 주차장에 차를 댈 수 있는지 아니? 하긴 네가 그걸 어떻게 알겠니. 사람은 돈이 있어야 폼나게 살 수 있는 거야. 아, 빨리 갔다 와야겠다."

엄마가 서둘러 나갔다.

현관문이 닫히자마자 나는 방으로 달려가 책상 뒤에 감춰둔 다이어리를 꺼냈다. 강신도라는 이름 옆에는 전화번호가 있었다. 휴대폰 번호는 아니었고 일반 전화였다.

　－지금 거신 전화번호는 없는 전화번호이니 다시 한번 확인하고 걸어주
　　시기 바랍니다.

전화를 하자마자 이런 멘트가 흘러나왔다. 이건 또 생각지 못했다.

그때 문득 영조가 떠올랐다. 얼마 전에 영조가 알바하는 분식집에서 영어 선생님이 나오는 걸 봤다. 영어 선생님이 그 분식집에 자주 간다면 영조가 영어 선생님 전화번호도 알 수 있을 거다. 아니면 말고. 나는 우리 반 단톡방으로 들어가 영조

에게 개인톡을 보냈다.

　－영어 선생님 전번 아냐? 알면 좀 찍어줘라.

　순대니 어묵이니 떠들어가며 자존심을 상하게 해놓고 양심
도 없는 놈이라고 욕하면 어쩌나 살짝 걱정이 되기는 했지만
욕하고 싶으면 하라지.

　－영어 선생님 전번은 왜?
　－알고 있으면 가르쳐줘라.
　－개인정보잖아. 함부로 알려주면 안 되는데.

　애가 고지식하기는. 학생이 선생님 전화번호 좀 알겠다는
데 거기서 개인정보라서 함부로 알려주면 안 된다는 말이 왜
나온담.

　－그래? 그럼 관둬.
　－화났냐? 잠깐 전화해도 돼?
　－그러든가.

　영조에게서 금세 전화가 왔다.
　"영어 선생님 전번은 왜? 무슨 일 있어? 무슨 일인지 나도

좀 알면 안 돼?"

"응. 안 돼."

나는 잘라 말했다. 잠시 전화기 지편이 조용해지더니 잠시 후 전화번호 부르는 소리가 흘러나왔다.

"문자로 찍으라고."

나는 먼저 전화를 끊어버렸다.

단도직입적으로 문자를 보냈다.

-강신도 선생님! 20년 전에 1,500만 원 빌린 적 있지요? 그리고 갚지 않으셨지요? 그 돈 갚으셔야 할 것 같습니다.

다이어리에서 강신도가 몇 월 며칠에 1,500만 원을 빌렸고 이자는 얼마를 주기로 했는지 기록된 부분을 사진으로 찍어 사진도 전송했다.

쿵덕! 쿵덕! 심장이 요동쳤다. 마치 떼인 돈을 받아준다는 검은 양복의 주인공들이 된 듯한 야릇한 기분도 들었다. 이건 어떤 각도로 봐도 학생이 선생님에게 들이댈 그림은 아니었다.

띠링.

좀 더 고민하고 문자를 보낼걸, 내용을 잘못 보낸 거 같다는 후회를 하고 있을 때 답 문자가 왔다.

−당신 누구야? 헛소리하면 경찰에 신고한다.

'다이어리의 강신도가 영어 선생님이 아닌가 보네.'
한편으로는 안심이 되면서도 답 문자 내용에 기분이 나빴다. 뭔가 착각을 한 모양이라고 말하면 그만이지 다짜고짜 경찰에 신고한다니.

−돈을 빌린 강신도가 선생님이 아니라는 말씀이시죠? 이런 말은 안 하
려고 했는데요, 대한민국 경찰이 그렇게도 한가한 줄 아세요? 문자 하
나 받았다고 신고를 하다니요? 무슨 협박을 한 것도 아니고. 신고하든
말든 마음대로 하세요.

나는 기분이 나쁘다는 것을 감추지 않고 문자를 보냈다. 답 문자는 더 이상 오지 않았다.
'대체 이 다이어리는 왜 나에게 온 거야? 심호가 착각한 건가?'
합리적인 의심이었다.
재후가 왔다. 다섯 시가 막 넘어가고 있었다. 엄마가 백화점에 간다고 나간 시간이 네 시 조금 넘었었는데, 그때 재후는 집에 다 와간다고 했었다. 어디서 뭘 하다가 이제 들어왔는지 모르지만 재후 표정이 어두웠다. 눈가는 벌겠다. 매일 해맑은 표정이던 애가 무슨 일인지 모르겠다.

"아, 존나 피곤해."

재후가 침대에 벌렁 누웠다. 처음 보는 모습이었다. 밖에서 들어오면 일단 욕실로 직행해서 뽀득뽀득 빛이 날 정도로 씻고 나오는 재후였다. 우리 집에서 사는 몇 달 동안 그 규칙은 단 한 번도 깨진 적이 없었다.

재후는 이불을 뒤집어썼다. 곧 나지막하게 코 고는 소리가 들렸다. 제 말대로 '존나' 피곤한 모양이었다. 나는 거실로 나와 소파에 누웠다.

엄마는 어둑어둑해져서야 돌아왔다. 돌아오자마자 재후를 거실로 불러내서 포장된 작은 상자를 내밀었다.

"18K 두 돈 반이야. 예쁘지? 요즘 금값이 많이 올랐더라고."

엄마는 18K 한 돈 반으로 하려니 아무래도 반지가 없어 보여서 두 돈 반으로 했다고 했다. 그러는 바람에 재후가 처음에 말했던 액수에서 한참 추가되었다는 말도 했다.

"괜찮지?"

엄마가 재후에게 물었다. '괜찮지'라는 말에는 두 가지 뜻이 들어 있다. 하나는 반지 디자인에 대해 묻는 말이고 하나는 원래 생각했던 돈보다 추가된 가격에 대해 묻는 거다.

"예."

재후는 짤막하게 대답하고는 반지를 들고 방으로 들어갔다.

"쟤가 표정이 왜 저래? 싸웠니?"

엄마가 물었다. 대답하기 싫었다.

"싸웠냐고?"

"안 싸웠어. 안 싸웠다고."

"그럼 재후가 왜 저러는 거야?"

"내가 어떻게 알아? 낮잠 자고 나더니 정신이 멍한가 보지."

"재후가 낮잠을 잤다고? 생전 낮잠은 안 자는 애가? 왜?"

나는 대답하지 않고 집에서 나왔다. 대답할 이유가 없는 질
문이었다. 나와 재후는 낮잠 자는 이유를 주고받을 사이가 아
니라는 걸 누구보다 엄마가 더 잘 알고 있다.

놀이터 벤치에 앉아 먼 하늘을 바라봤다. 18일 중에 하루가
지나가고 있었다. 다이어리만 가지고 가면 원하는 대로 살 수
있을 것처럼 말하더니 아무 일도 일어나지 않고 있었다.

–1,500만 원 빌린 적 있습니다.

놀이터 벤치에서 일어날 때 영어 선생님에게 문자가 왔다.

–아까는 너무 당황했습니다. 이제 차분히 이성을 되찾았고 사실을 말씀
  드립니다. 1,500만 원 빌린 적이 있지요.

나는 눈을 비비고 다시 문자를 확인했다. 영어 선생님은 다이
어리 속 강신도가 맞았다. 그리고 다이어리 주인에게 1,500만
원을 빌린 것도 사실이었다.

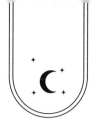

의심하지 마세요

영어 선생님의 문자는 밤새 계속되었다.

−처음부터 돈을 갚지 않을 생각은 하지 않았습니다. 꼭 갚으려고 했어
요. 하지만 그때는 상황이 너무 안 좋았었지요. 이자도 못 드릴 정도였
으니까요. 제가 제 상황을 말씀드렸었지요. 그리고 이해한다는 말씀도
하셨고요. 물론 이해한다고는 했지만 늦더라도 이자는 꼭 내야 한다는
말씀을 하셨지요.

사연도 구구절절 길었다.

−상황이 좀 나아져서 이자와 일부를 갚으려고 연락했는데 연락이 안 되
더라고요.

-저, 남의 돈 떼어먹는 그런 놈 아닙니다.

-제가 학생들을 가르치는 교사 아닙니까? 돈을 빌리던 그때는 막 발령 받았을 때였지요. 갑자기 큰돈이 필요했는데 돈을 구할 방법이 없었고 요. 급박한 상황이었는데 선뜻 돈을 빌려주셔서 참 감사했었지요.

다이어리 주인도 영어 선생님의 직업을 알고 있었구나. 갑 자기 1,500만 원이라는 큰돈이 왜 필요했을까? 영어 선생님의 문자를 계속 받다 보니 영어 선생님과 아주 오래전부터 알고 지내던 사이인 듯한 착각이 들었다.

-제가 갚을 돈이 얼마죠? 이자를 계산해서 말씀해주세요. 저는 빚을 갚 기를 간절히 바랐어요.

여태 영어 선생님이 보낸 문자를 종합해봤을 때 영어 선생님 은 다이어리 주인이 죽은 걸 모르고 있는 것 같았다. 나는 선뜻 답 문자를 보내지 못했다. 심호 말이 들어맞고 있는 듯했지만 과연 영어 선생님에게 돈을 받아내는 게 맞는 건지 판단이 서 질 않았다. 이건 남의 돈을 훔치는 것과 같다고 볼 수 있다.

-이자가 얼마나 될까요?

영어 선생님은 적극적이었다.

-그 돈을 갚지 못해 얼마나 마음고생을 많이 했는지 모릅니다. 나쁜 일
이 생길 때마다 남의 돈을 떼어먹어서 벌을 받는 건 아닌가 하는 생각
도 들었고요. 지금도 안 좋은 일은 현재진행형입니다. 돈을 갚고 나면
괜찮아질 것 같아요.

문자는 쉬지 않고 왔다. 숨 돌릴 틈도 주지 않았다. 돈을 갚
지 않아 나쁜 일이 생긴 것 같다는 말에는 나도 어느 정도 공
감했다. 엄마 친구 예를 봐도 그렇다.
'돈을 받아주는 게 영어 선생님에게도 좋은 일인 것 같은데.'
내가 돈을 받아주면 영어 선생님은 오랜 시간 나쁜 일이 생
길 때마다 시달려왔던 그 생각에서 벗어날 수 있다. 나는 돈을
받기로 결심했다.

-이자는 필요 없습니다.

이자까지 챙겨 받으면 진짜 나쁜 놈이 될 것 같았다. 이자라
도 받지 않아야 그나마 양심 있는 사람일 것 같았다.

-왜요? 받으셔야지요.
-받지 않겠습니다.
-단호하시군요. 그래도 될까요? 정말 감사합니다. 원금은 어떤 방식으
로 갚을까요?

-어떤 방식이라니요?

-직접 만나서 드려야 할까요? 아무래도 그러면 번거롭겠지요? 계좌를 알려주시면 입금해드리는 방법이 제일 낫겠지요? 아, 그리고 이건 정말 죄송스럽고 조심스러운 말씀인데요. 그분은 예전에 돌아가신 것으로 알고 있는데, 혹시 상속을 받으신 건가요? 그렇다면 그분의 권리를 상속받았다는 증빙 서류, 이런 것도 보여주시면 좋겠습니다. 제가 확실히 그분에게 드릴 돈을 갖고 있다는 확신이 필요해서요, 이해하시죠?

순간 뒤통수를 얻어맞은 기분이었다. 영어 선생님은 다이어리 주인이 죽은 걸 알고 있었다. 증빙 서류가 뭘 말하는지도 모르겠고 안다고 한들 내가 그걸 보낼 수는 없었다.

'미치겠네.'

영어 선생님과 주고받던 문자는 거기서 끝났다. 나는 아침이 올 때까지 온갖 생각을 다 해봤다. 증빙 서류라고 하면 어떤 식으로든 나와 다이어리 주인과의 관계를 증명하는 서류라고 볼 수 있다. 그건 절대 내가 할 수 없는 일이었다. 그리고 문제가 또 있다. 계좌번호도 문제다. 이름도 문제다. 영어 선생님이 내 이름을 알고 있을 수도 있다. 물론 오성우라는 이름이 흔하디흔한 이름이고 동명이인을 찾자면 널리고 널렸겠지만, 일단 의심을 하고 파고든다면 내 정체가 드러나는 것은 한순간이다.

'구미호 카페에 가서 물어볼까?'

나 혼자 해결할 수 있는 문제가 아니었다.

새벽녘, 나는 집에서 나왔다. 달은 아직 지지 않았다.

구미호 카페는 영업 중이었다. 모자를 푹 눌러쓴 사람이 유리 진열장 앞에 서 있었다. 저번에 본 사람이었다. 오늘도 모자를 푹 눌러써서 얼굴은 보이지 않았다. 허벅지까지 내려오는 긴 점퍼도 지난번과 같은 옷이었다.

"성격이 급한 편이군요."

꼬리는 나를 보자마자 말했다.

"무슨 말씀이세요? 아아아, 지금 제 성격이 급하거나 느긋하거나 그게 문제가 아니에요. 심호를 만나게 해주세요."

"곤란해요."

"꼭 만나야 해요. 아주 복잡하고 골치 아픈 일이 발생했거든요."

"돌아가세요. 그냥 가만히 있어도 해결되는데 몇 시간을 못 참아서 이 새벽에 달려왔나요? 심호 님이 말씀하셨잖아요. 18일을 원하는 대로 살게 될 거라고. 물론 첫날과 둘째 날 정도는 완벽하지는 않아요. 하지만 그건 준비 단계라고 보면 되는 거예요. 믿고 돌아가세요. 어떻게 해야 할지 모르는 일도 다 해결될 테니까요. 달이 지고 있군요. 이제 문 닫을 시간이에요."

나는 꼬리에게 등 떠밀려 구미호 카페에서 나왔다.

집에 돌아왔을 때는 날이 환히 밝았다. 아파트 입구에서 야근을 마치고 돌아오는 아빠를 만났다. 큰 가방을 걸친 한쪽 어깨가 축 늘어져 있었다.

"일찍 어디 다녀오는 거니? 설마 어디선가 외박을 하고 지금 들어가는 길은 아닐 테고."

아빠가 웃으며 물었다. 나는 아침 운동을 다녀왔다는 말도 안 되는 핑계를 댔다. 아빠는 내 말을 곧이곧대로 믿는 눈치였다.

"우리 아들! 시간을 허투루 쓰지 않는구나. 공부하기도 힘들 텐데 새벽부터 체력 단련도 열심히 하는 걸 보면 말이다. 그래, 공부하려면 체력이 중요하지."

아빠는 나를 바라보며 환하게 웃었다.

엄마와 재후는 아직 일어나지 않았다. 아빠는 욕실로 들어가고 나는 방으로 왔다. 재후는 이불을 뒤집어쓰고 깊게 잠들어 있었다.

드르륵.

방바닥에 벌러덩 눕는데 휴대폰이 울렸다. 영어 선생님이었다.

―죄송합니다. 증빙 서류 말입니다. 20년이 훨씬 지나서 돈을 갚는 주제에 그런 걸 달라고 하다니, 돈을 갚고 싶지 않다는 뜻으로 여겨졌을 겁니다. 그분이 기록한 걸 갖고 계신 것 자체가 증빙 서류인데 말입니다. 사진을 보고도 그런 말씀을 드려서 죄송합니다. 계좌를 알려주시면 입금하도록 하겠습니다.

나는 벌떡 일어나 앉았다. 꼬리가 했던 말이 이 말이었구나.

'통장이 어디 있더라.'

용돈을 받으면 저축하라고 예전에 엄마가 만들어준 통장이 있었는데. 당장 통장을 찾으려다 멈칫했다. 재후가 이불을 내리고 빤히 보고 있었다.

"새벽부터 뭐 하냐?"

재후가 물었다.

"아무것도 안 한다. 그리고 뭘 하든 말든 네가 뭔 참견인데?"

"얘는 무슨 말만 하면 왜 이렇게 죽자고 대드냐? 예전에는 무지하게 착하더니. 너 유치원 다닐 때 생각 안 하냐? 내가 여기에 놀러 왔을 때 같이 놀이터에 자주 갔었잖아. 놀이터에서 내가 어떤 아이한테 머리통을 얻어맞았을 때 네가 그놈 머리통을 날려주었잖아. 우리보다 훨씬 큰 애였는데, 겁도 없이."

미쳤었군. 훨씬 큰 애한테 왜 대들었담.

"그때는 너랑 나랑 되게 친했는데. 지금도 나는 성우 너랑 친하고 싶다. 너한테 의논하고 싶은 말도 많고."

"어쩌냐? 내가 그러고 싶지 않은데."

왜 다들 나와 관련해서 추억이 많은지 모르겠다. 나는 방에서 나왔다.

재후가 집에서 나가자마자 나는 통장을 찾기 시작했다. 하지만 아무리 찾아도 없었다. 통장을 엄마가 가지고 있다는 걸 깨달은 것은 침대 밑까지 샅샅이 다 뒤진 다음이었다.

'어렵다, 어려워.'

하지만 모든 건 자연스럽게 해결된다는 꼬리 말을 믿기로
했다.

2교시가 영어였다. 영어 선생님은 오늘따라 더 우중충하고
피곤해 보였다. 영어 선생님이 말한 나쁜 일 때문일 수도 있
다. 아니면 20년 넘게 갚지 않고 있던 돈을 갚아야 한다고 생
각하니 잠이 오지 않아 밤을 새서 그럴 수도 있다.

'오늘 수업이 끝나면 계좌를 알려달라고 문자가 올 텐데 어
떻게 하지? 그냥 현금으로 주면 안 되느냐고 물어볼까? 그러
면 이상하게 생각할까?'

나는 영어 선생님을 바라보며 온갖 방법을 다 떠올려봤다.
그러다 영어 선생님과 눈이 딱 마주쳤다. 잘못을 하다 들킨 것
처럼 심장이 터질 듯 뛰었다.

'침착하자, 침착!'

따지고 보면 내가 영어 선생님 돈을 훔치는 것도 아니고 영
어 선생님을 협박한 것도 아니다.

무슨 방법으로 돈을 받을까, 온종일 머리가 터질 거 같았다.
그러는 중에도 재후가 눈에 거슬렸다. 오늘도 여전히 지레에
게 치근덕거렸다.

밥맛도 없었다. 밥알인지 모래알인지 헷갈리는 급식을 먹
고 교실로 올라올 때였다.

"오성우."

뒤에서 누군가 불렀다. 지례였다.

"물어볼 게 있는데. 수학 문제 중에 헷갈리는 게 있어서."

"응?"

"수학 문제, 모르는 것 좀 물어보려고."

"나한테?"

단 한 번도 상상해보지 못한 상황이었다.

"응, 알려줄 수 있어? 성우 너 수학 잘하잖아. 오늘 바빠? 학원 가니?"

"아, 아니."

"잘됐다. 그럼 이따 수업 마치고 만날래? 나도 오늘 학원 안 가는 날이거든. 큰 사거리에 고릴라 스터디카페라고 있는데 알지? 수업 마치고 고릴라 입구에서 만나."

나는 고개를 끄덕여 보인 다음 화장실로 달려갔다. 거울을 보고 일단 볼을 힘껏 꼬집었다. 살이 떨어져 나갈 만큼 아팠다. 물을 세게 틀고 세수를 했다. 세수를 하고 또 해도 얼굴은 여전히 뜨거웠다. 심호가 말한 내가 간절히 원하는 대로 살게 될 18일 안에 이런 시나리오도 들어 있는 건가. 나는 돈을 원했다. 설문조사에서도 돈을 간절히 원한다고 썼다. 꼬리 말대로라면 그래서 포만바게트를 먹게 되었고 다이어리를 사게 된거다. 그런데 갑자기 툭 치고 들어온 이 상황은 뭘까.

'설문조사를 하던 그날, 돈을 간절히 원한다고 썼지만 따지

고 보면 그 돈도 지레 때문에 간절히 바랐던 거야.'

진짜 고객이 원하는 게 뭔지 확실히 알고 있는 구미호 카페의 능력이 새삼 놀라웠다.

나는 기적처럼 찾아온 기회를 어떤 식으로든 성공적인 시간으로 만들고 싶었다. 지레가 감탄하고 좋아하고 그리고 마지막으로 나에게 반하는 기적을 만들고 싶었다. 나는 오후 내내 수학 문제를 풀고 또 풀었다. 일주일 동안 나간 진도는 완벽하게 정리했다. 어떤 문제가 나와도 오케이다.

마지막 7교시를 마치는 종이 울렸을 때 나는 수학책에서 눈을 뗐다. 자연스럽게 내 눈은 지레에게 향했다. 재후가 지레에게 성큼성큼 다가가고 있었다. 재후는 지레를 교실 밖으로 불러냈다. 평소에 남의 눈 따위는 신경도 안 쓰는 재후인데 대체 왜 교실 밖으로 불러내는지 궁금했다. 나는 화장실에 가는 척하며 복도로 나갔다. 재후와 지레는 복도에 서 있었다. 재빨리 교실 뒷문에 몸을 숨기고 지레와 재후를 엿봤다. 재후가 지레에게 반지를 주고 있었다. 나는 숨을 죽이고 지레를 바라봤다. 지레는 잠시 머뭇거리다 반지를 받았다.

폭포 아래에 서 있는 듯한 기분이었다. 머리로 물폭탄이 쏟아졌다. 머리가 터질 것 같았고 몸이 터질 것 같았고 마음이 터질 것 같았다. 모든 것이 다 터져버릴 것 같았다. 나는 가방을 들고 교실에서 나왔다.

어떻게 집까지 왔는지 모르겠다. 교실을 나온 바로 그 순간

부터 집에 도착해 엄마가 내 이름을 부를 때까지의 기억은 실종되었다.

"오성우. 부르면 대답 좀 해. 네 책상 위에 통장, 도장 가져다 놨다고. 베란다에 내놨던 헌책을 아까 버렸거든. 네 통장이 헌책에 끼워져 있더라고. 딱 3,000원 들어 있더라. 예전에 어른들한테 세뱃돈이랑 용돈 받을 때 넣었던 거 같은데 다 어디로 사라지고 3,000원인지 모르겠지만 말이야. 내가 찾아 썼나? 아무튼 지금부터는 네가 가지고 있어."

통장이 내게로 오다니. 거짓말처럼 한순간에 오다니.

'꼬리 말이 맞았어.'

의심하지 말라더니 그 말이 맞았다. 심호를 믿으라더니 그 말도 맞았다.

'그래. 나도 이제 그깟 반지 얼마든지 사줄 수 있어.'

내가 주는 반지를 받고 활짝 웃는 지례 얼굴이 떠올랐다.

나는 당장 영어 선생님에게 계좌번호를 보냈다. 이름은 알려주지 않았다. 이름을 물어보면 어떻게 해야 하나 걱정이 되긴 했지만 심호를 믿기로 했다. 뭐든 다 잘될 거다. 심호가 다 잘되게 해줄 거다.

영어 선생님에게 답 문자가 온 것은 다섯 시가 넘어서였다.

−좀 이상합니다. 입금이 안 되네요.

나는 계좌번호를 확인했다. 정확했다.

—1,500만 원을 입금했거든요. 그런데 88만 2,400원만 입금되고 나머
지는 제 통장으로 도로 입금되지 뭐예요. 혹시 하루에 입금되는 금액
을 정해놓으셨나요? 그렇다면 은행에 알아보셔야 할 거 같습니다. 바
로 답 주세요.

그런 것도 있나.

은행에 가는 것은 위험한 행동일 수 있다. 나는 미성년자이
고 엄마가 보호자이다. 당연히 엄마에게 연락이 갈 거다. 그렇
다고 해서 엄마한테 물어볼 상황도 아니었다.

'혹시?'

나는 1,500만 나누기 17을 해봤다.

'나눠서 받을 수 있게 해놨구나. 하루는 그냥 보냈고 남은
날들이 17일이니까 하루에 한 번씩 받아 쓰게.'

한꺼번에 주면 알아서 나눠 쓸 텐데 이런 식으로 복잡하게
만들다니.

—제가 바빠서 은행 갈 시간이 없네요. 다시 입금 시도해보시고 그래도
안 된다면 1,500만 원을 열일곱 번에 나눠서 입금해주세요.

—나눠서요? 무슨 피치 못할 사정이라도 있는 건가요? 번거로운데 한꺼
번에 받으시지요. 혹시 실수할까 봐 그러는데 그냥 한꺼번에 받으세

요, 시간을 끌다 보면 피치 못할 사정이 생길 수도 있고요.

그냥 알았다고 하면 고마울 텐데 군이 한꺼번에 주겠냔다.

'다른 채무자를 알아볼까?'

18일에서 아직 이틀밖에 지나지 않았다. 이상한 거래의 당사자가 영어 선생님이라는 것도 찝찝한데 이런 식으로 계속 신경 쓰고 싶지 않았다. 나는 다이어리를 꺼냈다.

'이게 어떻게 된 거지?'

나는 내 눈을 의심했다. 다이어리에는 강신도 외 다른 채무자들의 정보가 흔적도 없이 사라지고 없었다. 빽빽이 쓰여 있던 이름과 빌려간 돈의 액수와 날짜는 찾아볼 수 없는 백지였다.

'심호 짓인가 보다. 한번 결정하면 번복하지 못하게 하는 거.'

후회가 되었다. 처음부터 강신도에 꽂히지 말고 두루두루 잘 살펴볼 것을, 공연히 낯익은 이름을 보며 흥분했고 그 흥분이 궁금증을 낳았고 그 궁금증이 이런 결말을 가지고 왔다. 하지만 후회해도 소용없었다.

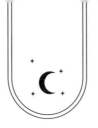

지레에 대해서는 뭐든지 궁금하다

ATM에서 나오는데 거짓말처럼 지레가 앞에 있었다.

"수학 같이 풀기로 했잖아. 그런데 왜 어제 스터디카페에 안 왔어? 문자도 씹고."

지레의 갑작스러운 등장도 놀라운데 등장 이유가 어제 약속을 어긴 것이라니 더 놀랍기도 하고 당황스럽기도 했다.

어제는 영어 선생님 고집에 끌려다니느라고 정신이 없었다. 나눠 달라는데 꼭 한꺼번에 주겠다고 고집을 꺾지 않았다. 영어 선생님을 설득하느라고 약속을 지킬 상황이 아니었다.

"설마 학교부터 나 따라온 거니?"

"응."

지레가 고개를 끄덕였다. 심장이 폭발할 듯 뛰었다. 지레가 나를 따라오다니, 눈앞에서 벌어지고 있는 일이지만 믿을 수가 없었다.

"약속을 못 지킬 무슨 사정이라도 있었어?"

"응?"

나는 혼란스러운 머릿속을 정리했다.

"으응. 어딜 갔었는데 휴대폰을 두고 갔어. 어디냐면……
운동을 시작하는데 어제 등록하는 날이었거든. 좀 먼 곳이야.
연예인들도 오는 피트니스센터거든. 등록을 하고 곧바로 택
시를 타고 출발했는데 차가 많이 밀리는 거야. 운동 등록하는
게 중요한 것도 아닌데 미안해. 집에 도착했을 때는 너무 늦어
서 미안해서 연락도 못 했어."

갑자기 떠오른 거짓말이었지만 제법 고급스러웠고 마음에
도 들었다.

"그랬구나. 지금은 시간 어때? 지금 바빠? 수학 문제 가르쳐
주는 거 말이야. 나는 지금 괜찮은데."

"나도 괜찮아."

도대체 어떤 수학 문제가 지레의 발목을 잡고 있는지 궁금
했다. 지레 같은 아이가 풀리지 않는 수학 문제를 하루 동안
방치했을 리는 없다. 어떤 식으로든 알아내려고 했을 거다. 그
런데 아직 그대로라니.

나는 지레와 함께 고릴라 스터디카페로 갔다. 그리고 당당
하게 입장료를 지불하고 제일 비싼 간식을 샀다. 돈의 위력은
생각보다 더 대단했다. 나는 지레 앞에서 당당했고 자신감 넘

쳤다.

지레와 마주 앉았다. 지레 손가락에서 빛을 내고 있는 반지를 보자 업되었던 기분이 한순간 추락했다. 반지 디자인에 대해 잘 알지는 못하지만 한눈에도 예뻐 보였다. 예뻐 보여서 내 기분은 더 나락으로 떨어지는 듯했다.

지레가 책을 폈다. 그러고는 별표를 한 몇 개의 문제에 동그라미를 치며 내게 책을 내밀었다.

"재후는 그 문제 못 푼다냐?"

갑자기 튀어나온 말이었다. 나도 예상치 못했던 말이라 스스로도 흠칫 놀랐다. 지레가 고개를 쳐들고 나를 바라봤다.

"아, 아, 아니, 그러니까…… 내 말은 재후한테 물어보지 그랬느냐고. 너, 재후랑 친하잖아."

변명이라는 말이 더 유치했다. 재후가 이런 문제를 풀지 못할 거라는 건 나도 알고 있고 지레도 알고 있다. 다 아는 사실을 다시 한번 상기시켜주는 듯한 내 유치함에 얼굴이 뜨거워졌다.

지레는 아무 말도 하지 않았다. 나는 별표가 되어 있는 문제를 풀었다. 단 한 문제도 실수하지 않았다. 지레는 눈을 반짝이며 조용히 고개를 끄덕였다.

"뭐 먹으러 갈래? 내가 살게."

고릴라 스터디카페를 나오며 지레에게 물었다.

"좋아. 그렇지 않아도 배가 좀 고팠거든. 순대 먹으러 가자."

"순대?"

내 주머니에는 지금 아주 많은 돈이 있고 그 돈은 오롯이 내 돈이다. 그동안 지레 눈에 내가 얼마나 찌질해 보였으면 다짜고짜 순대라는 말이 튀어나올까.

"재후가 뭐 먹으러 가자고 해도 순대 먹자고 할 거야?"

헉! 나는 또 제멋대로 나오는 유치찬란한 말에 당황했다. 내가 오늘 왜 이러는지 알 수 없었다.

"나는 성우 너랑 순대를 먹으러 가자고 말하는 거야. 재후가 아니라. 그리고 재후라고 해도 내가 먹고 싶은 거 먹으러 가자고 했을 거야."

걱정했던 것보다 지레 반응이 부드러웠다. 무슨 그런 질문만 해대느냐고 화를 낼 줄 알았는데.

"좋아. 순대 먹으러 가자."

지레와 나란히 걸었다. 높은 건물 사이로 비치는 저녁 햇볕이 한없이 포근하고 다정했다. 이대로 시간이 멈추면 좋겠다는 생각이 들어 나는 힐끗 지레를 바라봤다. 지레와 나란히 걷는 것이 꿈만 같았다.

지레가 걸음을 멈춘 곳은 영조가 알바하는 분식집 앞이었다. 많고 많은 순대 가게 중에 하필이면 왜 여기람. 다른 곳으로 가자고 말하려다 말았다. 생각해보니 영조에게 지레와 함께 있는 모습을 보여줘도 괜찮을 거 같았다.

"너희들……."

탁자를 닦고 있던 영조 눈이 튀어나올 것처럼 커졌다.

"저번부터 오고 싶었어. 여기 순대와 어묵, 되게 유명하잖
아. 장인의 경지에 이른 분이 옛날식으로 직접 만든다면서?"

지레가 의자에 앉으며 물었다. 이곳이 그렇게 유명한 맛집
이었나? 속으로 좀 놀랐다. 나는 가게 안을 쓰윽 둘러봤다. 낡
고 허름한 밖의 모습과는 좀 달랐다. 넓지 않은 가게 안은 청
결하고 아늑했다. 한눈에 봐도 오래되어 보이는 탁자와 의자
는 얼마나 닦았는지 반들반들 윤이 났다.

"그 소문 듣고 온 거니? 그런데 어쩌냐? 얼마 전까지만 해도
그랬지. 하지만 지금은 아니야. 네가 말한 그 장인의 경지에
이른 그분이 지금 많이 아파서 우리 가게도 얼마 전부터 기성
품을 받아서 쓰고 있거든. 아무래도 맛은 떨어져. 손님이 줄어
드는 걸 보면 사람들의 입맛은 정확해."

영조다웠다. 도무지 감추는 게 없었다. 맛은 떨어진다는 저
말은 장사하는 입장에서 꼭 할 필요는 없는데 말이다.

"그래? 진작 와서 맛볼걸."

지레 얼굴에 아쉬움이 가득했다.

"다시 장인이 어묵과 순대를 만들 계획은 없는 거야?"

지레가 물었다.

"얼마 전에 병원에 입원하셨는데 의사 선생님이 좋아지고
있다고 말씀하셨으니까 아마 곧 맛보게 되지 않을까. 그때가
되면 너한테 제일 먼저 알려줄게. 그런데 기성품을 쓰니까 장

점은 있더라. 냄새가 별로 안 나. 순대 냄새, 어묵 냄새."

영조가 말을 하며 나를 바라봤다. 날린 펀치가 확실히 효과가 있었다.

"순대에서 순대 냄새가 나고 어묵에서 어묵 냄새가 나는 건 당연한 거 아니니? 냄새가 강해야 맛있는 거지."

지레가 말했다.

"문제는 가게 밖에서도 냄새가 난다는 거지. 머리를 감고 샤워를 하고 옷을 갈아입어도 나한테는 어묵 냄새랑 순대 냄새가 났었나 봐. 누가 그러더라고. 나한테서 나는 어묵 냄새랑 순대 냄새가 싫다고."

애가 은근 뒤끝 작렬이었다.

영조는 순대 한 접시와 어묵을 내왔다.

"냄새 별로 안 나니까 많이 먹어."

영조는 순대 접시를 내 앞으로 밀어주며 말했다. 순대를 별로 좋아하지는 않지만 지레가 먹고 싶어 하니까 맛있게 먹어주려고 했는데 그 마음이 한순간 사라졌다.

"너 혼자 가게를 지키는 거야?"

지레는 순대를 오물오물 썹으며 물었다.

"요즘 도와주시는 분이 따로 계셔. 하지만 손님이 없으니까 내가 없는 시간에만 잠깐씩 나오셔."

주문한 순대와 어묵을 거의 다 먹어갈 무렵이었다. 문이 열리며 들어서는 남자를 보는 순간 나도 모르게 자리를 박차고 일어났다. 영어 선생님이었다.

"순대 2인분, 어묵 2인분, 떡볶이 3인분."

영어 선생님은 영조에게 손을 번쩍 들어 보이고 구석 자리에 앉았다. 지레가 엉거주춤 일어나 허리를 숙였다.

"어, 그래, 교복을 보니 우리 학교 학생이구나?"

기가 찼다. 매일 얼굴을 보는데 '교복을 보니?' 소문대로 일부러 그러는 게 맞는 것 같았다. 일부러가 아니라면 저건 바로 치료에 돌입해야 하는 중병이다. 학생을 가르치면 안 되는 위험한 수준이다.

"영조야. 사장님은?"

영어 선생님이 가게를 쓰윽 둘러보며 물었다. 단골 냄새가 물씬 풍겼다.

"많이 좋아지고 있다고 의사 선생님이 말씀하셨어요. 일어나서 살살 돌아다니기도 한대요."

영조가 영어 선생님이 주문한 음식을 내왔을 때 나와 지레는 가게에서 나왔다.

"다른 거 먹으러 갈래? 순대가 네가 원하던 맛이 아니었잖아. 가자, 내가 살게."

"그럼 아이스크림 먹으러 갈까?"

지레가 기다렸다는 듯 말했다. 지레와 나란히 신호등이 바뀌길 기다리고 나란히 횡단보도를 건너며 이런 시간을 보내는 순간이 기적처럼 여겨졌다. 나는 새삼 구미호 카페에 감사했다. 심호와 꼬리에게도 고마웠다. 얼굴도 이름도 모르는 다이어리 주인이 친근하게 느껴지기도 했다.

나와 지레는 인테리어가 돋보이는 수제 아이스크림 가게로 들어갔다. 지레는 이미 여러 번 와본 듯 자연스럽게 아이스크림을 주문했다.

"오성우, 너는 수학을 어떻게 그렇게 잘하니? 너도 주말에 대천동 가니? 요즘 우리 학교 아이들 중에 주말에 그 동네 학원에 가는 아이들 많다고 하던데 너도 주말반 들어?"

대천동 학원 주말반에 들어가는 아이들이 많다는 소문은 나도 들어서 알고 있다. 하지만 학원비가 어마어마하게 비싸다는 말을 들었다. 나하고는 상관없는 곳이었다.

"너는?"

나는 대답 대신 물었다.

"나? 나는 다음 달부터 가보려고 생각 중이야. 그렇게 먼 곳까지 가는 게 맞는 건지 어쩐지 아직 판단이 서지 않아서 말이야. 물론 장점이 많으니까 아이들이 많이 가겠지만, 그치?"

"장점 많지."

나도 모르게 나온 말이었다.

"주말반 다니는구나? 어느 학원이야?"

"곧 학원 옮길 거야. 옮기고 나면 말해줄게."

나는 나 혼자 죽어라고 공부한다는 말은 하고 싶지 않았다. 코피 쏟아가며 혼자 애쓴다는 말은 절대 하고 싶지 않았다.

"성우 너도 되게 바쁘구나? 그런데 운동도 다니고 진짜 대단하다. 네가 다니는 피트니스센터에 구경 가도 되니? 연예인도 온다면서. 연예인 누구야? 직접 보고 싶다."

"알았어. 언제 한번 같이 가자. 그런데 나한테 수학을 물어볼 생각은 어떻게 한 거야? 지레 너도 수학 잘하잖아."

나는 말을 돌렸다. 지레는 대답 대신 웃었다.

'지레가 구매한 털장갑에는 어떤 사연이 있는 걸까? 털장갑 주인은 누구였을까? 지레가 간절히 원하는 것은?'

지레에 대해서는 뭐든 다 궁금했다.

아이스크림을 반도 못 먹고 포장해 들고 가게에서 나왔다. 지레와 나는 아무 말도 하지 않고 걸었다.

"영어 선생님 말이야. 진짜 3초 기억력인 걸까? 정말 매일 학교에서 만나는 아이들 이름과 얼굴을 기억하지 못하는 걸까? 아니면 소문대로 일부러 그러는 걸까?"

나는 분위기를 바꾸려고 말을 돌렸다.

"나는 일부러 그런다에 한 표. 진짜 그런 기억력이라면 어떻게 학교에서 수업을 할 수 있겠니? 내가 영어 선생님이라도 말이야. 그런 일을 겪었다면 미칠 정도로 충격을 받았을 거야. 선생님으로서의 권위가 다 떨어진 거잖아? 얼마나 쪽팔리겠니? 학생에게 맞고도 대응 한번 못 하는 자신의 처지에 자괴감도 들었을 거야. 그렇다고 해서 당장 학교를 때려치울 형편이 아니라면 마음이 더 힘들 거야. 성우, 너는?"

지레가 물었다.

"나도 그렇게 생각해."

나는 고개를 끄덕였다. 영이 선생님에게 이름을 알려주지 않은 건 탁월한 선택이었다.

"더 필요한 거 없니? 먹고 싶은 거나."

"아이스크림도 다 먹지 못해서 포장해가는데 뭘 또 먹어? 다음에 먹자."

다음이라는 말에 설렜다.

집으로 돌아와 주머니 속에서 돈을 꺼내 세어봤다. 3만 원도 채 쓰지 못했다.

"내일 또 88만 2,400원이 들어올 거니까 그 돈하고 오늘 남은 돈하고 합해서 반지를 사야겠다. 그나저나 등록할 곳이 두 개나 생겼네. 운동도 등록해야 하고 학원 주말반도 등록해야 하고. 하지만 반지를 사는 게 제일 급해."

내 머릿속에는 온통 반지가 가득 찼다.

'반지를 어디서 사야 하지? 나 혼자 그런 걸 살 자신이 없는데. 아, 재후가 지레한테 반지만 줬었지? 엄마는 재후에게 반지를 줄 때 잘 포장된 작은 상자를 주었는데.'

그렇다면 방 어딘가에 그 상자가 있을 거다. 그 상자를 찾으면 곧장 가게를 찾아가면 되고 쉽게 반지나 목걸이를 살 수 있을 것 같았다. 상자는 재후 책상 서랍에 고이 들어 있었다.

골드스타

메가 백화점에 있는 보석 가게였다.

'당장 가보자. 돈이 모자라면 내일 사면 되는 거고. 시장 조사부터 해보는 거지.'

골드스타는 메가 백화점 지하 1층에 있었다. 유리 진열장에서 빛나고 있는 반지를 훑어보는데 직원이 다가왔다.

"필요한 거 있으세요?"

나는 재후 반지가 들어 있던 상자를 꺼냈다.

"며칠 전에 여기서 반지를 사 갔거든요. 하나 더 사려고요. 예쁜 디자인 추천해주세요."

"며칠 전에요? 학생이 사 갔었나요?"

"아니요. 엄마가요."

직원이 내 얼굴을 빤히 바라봤다.

"아하! 반지를 사 가신 분 생각났어요. 바로 이것과 같은 디자인을 사 가셨어요. 그죠? 학생 얼굴을 보니까 반지 사 가신 고객님 얼굴이랑 아주 똑같네요. 붕어빵이에요, 호호호호호."

직원이 유리 진열장 중간을 가리켰다. 직원이 가리킨 곳에는 엄마가 재후에게 사다 준 반지와 똑같은 디자인의 반지가 있었다.

"디자인은 같지만 이 반지는 18K 두 돈 반이거든요. 그 고객님께서 구매하신 반지는 18K 한 돈이었어요. 역시 두 돈 반이 좀 안정되어 보이지요?"

"한 돈이었다고요?"

엄마는 재후에게 두 돈 반이라고 했었다. 그래서 재후가 말한 액수에서 한참이나 추가되었다고 말했었다.

"예. 보증서 넣어드렸는데요."

상자 안에는 보증서 같은 건 없었다. 하지만 엄마가 주문한 반지를 찾으면서 보증서를 확인하지 않았을 리도 없다. 보증서가 있고 없고를 떠나 한 돈인 것은 확실했다. 보증서는 엄마가 꺼내고 재후에게 반지만 줬을 확률 100퍼센트다.

'대박이다. 조카한테 사기 치다니.'

어이가 없어 헛웃음이 나기도 했지만 한쪽 가슴이 이상하게 아렸다. 엄마가 짠하게 느껴졌다.

엄마는 콧노래를 흥얼거리며 청소기를 돌리고 있었다. 수입차 로고가 새겨진 자동차 키가 탁자 위에 놓여 있었다. 오늘도 이모 차를 타고 어딘가 다녀온 게 확실했다.

"엄마."

나는 현관 앞에 선 채 엄마를 불렀다.

"왜?"

"엄마."

"왜에? 불렀으면 용건을 말해."

"그러고 싶어?"

"뭔 소리야?"

"한 돈을 두 돈 반이라고 사기 치고 싶으냐고?"

나는 소리를 빽 지르고 도로 집에서 나왔다.

−오성우 씨, 오늘 입금 확인하셨는지요?

놀이터 벤치에 걸터앉는 순간 문자가 왔다. 영어 선생님이었다. 머릿속이 하얘졌다. 영어 선생님이 내 이름을 어떻게 알고 있을까? 내가 무의식적으로 이름을 밝혔었나? 그럴 리가. 나는 그런 실수를 한 적이 없다. 나는 대놓고 물어보기로 했다.

−제 이름은 어떻게 아셨나요? 저는 계좌번호밖에 알려드리지 않은 것 같은데요. 제가 워낙 예민한 스타일이라서 개인정보 밝히는 걸 별로 안 좋아하거든요.

−계좌로 입금할 때 성명도 뜹니다. 뭐 모르실 수도 있지요. 중요한 건 그게 아니니까. 내일도 같은 시간에 입금하겠습니다.

그런 시스템인지 꿈에도 몰랐다. 설마 그 오성우가 나라는 걸 눈치챈 건 아니겠지. 불안했다.

"성우 네가 뭘 잘못 알고 있는 거야. 모르면 가만있어."

집에 돌아왔을 때 현관문을 열자마자 엄마는 차디찬 말투로 쏘아붙였다. 나는 엄마 말대로 가만있기로 했다. 내가 더 아는 척하면 엄마는 쪽팔릴 거다. 백화점 지하주차장 VIP 자리에 주차시키던 그날처럼 쪽팔려서 울고 싶을 수도 있다. 그건 아늘로서의 예의가 아닌 듯했다. 그리고 더 깊게 말하려면 내가 백화점에 다녀온 사실도 밝혀야 했다. 엄마와 나, 둘 모두를 위해 한 돈이든 두 돈 반이든 더 이상 말을 하지 않기로 했다. 또 한 돈이든 두 돈 반이든 그건 그렇게 중요한 게 아니다. 반지라는 사실이 중요한 거고 재후가 그 반지를 지레에게 주었다는 게 중요한 거다. 그리고 지레가 좋아했다는 사실이 중요한 거다.

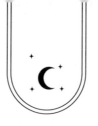

사라진 돈

　재후가 수상했다. 하루 종일 지레 옆에 얼씬도 하지 않았다. 평소와 달랐다. 달라도 많이 달랐다. 멍하니 창밖을 내다보기도 하고 교실 천장을 하염없이 바라보기도 했다. 급식도 먹는 둥 마는 둥이었다. 언제 어디서든 무슨 일이 생겨도 해맑던 표정도 아니었다. 얼굴 가득 그늘이 졌다.

　재후는 수업이 끝나자마자 곧장 교실에서 나갔다. 지레에게는 눈길조차 주지 않았다. 무슨 일인지 모르지만 심각한 일이 터진 게 분명했다. 그러지 않고서야 온종일 지레 보기를 돌같이 할 수는 없다. 매일 진드기처럼 붙어서 떨어지지 않더니 말이다.

　'무슨 일 있나?'

　걱정까지는 아니었지만 관심을 갖지 않을 수 없었다. 같은 집에서 사는 사람으로서 최소한의 예의였다. 뭐지? 이모한테 문자가 왔었나? 저번에 내가 삭제한 내용과 같은 문자를 다시 보냈나. 1년을 더 있다가 돌아온다고 하면 이들 입장에서는 놀랄 수도 있다. 하지만 놀라기는 해도 크게 충격받을 일은 아닌데. 아닌 말로 재후는 이모와 이모부가 떼어놓고 갈 때도 아무렇지도 않았다. 그깟 1년 연장이 큰 문제가 될 수는 없다.

'뭐지?'

한번 관심을 갖자 중간에 끊을 수가 없었다.

"오늘은 곧장 학원 가야 해. 나중에 문자할게."

지레가 내 옆을 지나가며 말했다.

나는 재후를 따라가보기로 마음먹었다. 느낌상 재후가 집으로 바로 갈 것 같지 않았다. 결정적으로 짚이는 구석은 없지만 어쩐지 그럴 것 같았다.

"지레가 학원 가는 것도 보고하니? 둘이 무슨 사이인데? 사귀기라도 한 거야? 순대 먹으러도 같이 다니고."

교실에서 나오는데 영조가 따라오며 물었다.

"그런 건 물어보지 말고 미루어 짐작하는 거야, 알았냐? 애가 자존심도 없나? 그리고 빨리 알바나 가시지."

나는 재후를 따라잡기 위해 뛰었다.

'어어어어어. 쟤가 미쳤나?'

재후가 차들이 쌩쌩 달리는 차도로 걸어 들어갔다. 신호등 확인도 하지 않고 뭐에 홀린 듯 말이다. 나는 들고 있던 가방을 내팽개치고 재후를 향해 달려가 가까스로 재후 뒷덜미를 잡아 차도에서 끌어냈다. 나는 재후 등짝을 내리쳤다. 재후가 놀라서 돌아봤다.

"왜 때려?"

재후가 인상을 쓰며 말했다. 이건 뭐 물에 빠진 놈 건져놓으니 보따리 내놓으라는 속담과 찰떡이었다. 네가 죽을지도 모르는 걸 내가 구해줬느니 어쨌느니 구구절절 말하고 싶지 않았다.

"앞으로는 교통사고 나서 죽든 말든 그냥 둘게. 됐지?"

나는 쌩하니 돌아섰다. 아, 진짜 재수 없어. 앞뒤 정황 잘 따져보면 내가 저를 구한 걸 눈치챌 수 있을 텐데. 고맙다는 말을 듣고 싶어서 한 행동은 아니지만 속이 부글부글 끓었다. 그런데 내 가방이 어디 갔지? 나는 주변을 두리번거렸다. 저만큼에서 영조가 내 가방을 들고 서 있었다.

"왜 남의 가방은 들고 있담."

나는 가방을 빼앗듯 낚아챘다.

"길바닥에 내팽개쳐진 거 집어 들고 있었던 거지. 그럼 그냥 둬? 사람들이 차고 지나가게? 좋아. 앞으로는 남들이 밟고 가거나 말거나 차고 가거나 말거나 못 본 체할게."

영조가 말했다. 내가 재후에게 하는 말을 들은 것 같았다.

그때였다. 문자가 울렸다.

−입금했습니다.

나는 곧바로 ATM에 가서 돈을 찾아 백화점으로 갔다. 어제 남은 돈과 오늘 돈을 합하면 꽤 많은 돈이었다.

골드스타 직원은 나를 알아봤다.

"다시 올 줄 알았어요. 몇 개 추천해볼게요. 반지 낄 분 치수는 알고 오셨어요?"

직원은 유리 진열장 안에서 반지 몇 개를 꺼냈다. 나는 생소한 질문에 직원을 바라봤다.

"손가락 굵기요. 반지를 사려면 그건 기본적으로 알아야 하거든요."

재후가 엄마에게 했던 말이 문득 떠올랐다. 재후 손가락보다 조금 가늘다고 했던가? 그럼 재후 손가락 굵기는 어느 정도지?

"제 손가락 정도요."

나는 손을 내밀었다.

"저번 반지가 한 돈이라고 하셨지요? 세 돈 정도로 해주세요. 주문하고 기다려야 하나요?"

재후보다 훨씬 큰 반지를 선물하고 싶었다.

"똑같은 조건의 반지가 있으면 곧바로 가져가셔도 돼요. 잠깐만요. 여기 세 돈짜리 반지가 있어요. 이걸로 할까요?"

"예, 그거 그대로 살게요."

직원은 반지를 포장했다.

"보증서는 안에 넣었어요."

직원이 포장을 마친 반지 상자를 내게 내밀며 금액을 말했다. 오늘 찾은 돈으로는 부족했다. 나는 오늘 찾은 돈을 주머니에서 꺼내 일단 직원에게 건넸다.

"잠시만요. 나머지도 드릴게요."

나는 가방을 뒤졌다. 하지만 아무리 찾아도 돈이 보이지 않았다. 어제 분명히 가방 안에 넣어뒀었다. 가방 맨 안쪽에 있는 주머니 지퍼를 꽉 닫았던 기억이 선명했다. 귀신이 곡할 노릇이었다.

'누가 가져갔나?'

제일 먼저 재후 얼굴이 떠올랐다. 재후는 아닐 거다. 제가 쓰고 싶은 돈은 얼마든지 이모가 주는데 남의 돈에 손을 댈 이유가 없다. 찬찬히 생각했다. 교실 안에서도 특별한 일은 없었다.

'급식실에 갔을 때?'

나는 곧 고개를 저었다. 점심시간에 급식실에 가면서 내심 가방 안의 돈이 걱정되었다. 그래서 가방을 사물함에 넣고 사물함을 잠갔었다. 우리 학교 사물함에 잠금 장치가 있다는 사실에 감탄해가면서 말이다. 화장실에 두 번 갔을 때? 그것도 아닌 듯했다. 쉬는 시간에 아이들 눈이 얼마나 많은데. 생각의 끝자락에 영조가 떠올랐다. 가방을 내던지고 재후를 도로에서 끄집어내고 돌아섰을 때 영조가 내 가방을 들고 서 있었다.

재후를 끄집어내고 몇 마디 주고받은 그 시간이 얼마나 되는지 알 수 없지만 돈을 꺼내자고 마음먹었다면 충분히 꺼낼 수 있는 시간이었다.

"죄송한데 내일 다시 올게요. 그 돈은 일단 맡아주세요. 반지도 내일 찾아갈게요."

잃어버린 돈을 찾지 못하는 불상사가 생긴다고 해도 내일 또 영어 선생님이 입금을 해줄 테니까 걱정할 일은 아니었다. 하지만 백화점 직원은 돈을 미리 맡아줄 수 없다고 했다. 물건을 주문하고 기다리는 상태라면 미리 계약금으로 받아도 되지만 그 경우와 지금은 다른 거란다. 어차피 내일 와서 살 건데 그냥 받아도 된다고 하자 절대 그럴 수 없단다. 뭐가 그렇게 복잡한지 모를 일이었다. 돈을 도로 받아들고 백화점에서 나왔다.

'영조가 진짜 그랬을까? 그럴 아이는 아닌데.'

내가 영조에 대해 속속들이 알지는 못하지만 그래도 초등학교 때부터 알고 지낸 사이다. 사람을 귀찮게 하고 속이 없는 것 빼고는 크게 흠잡을 곳이 없는 아이다. 하지만 앞뒤 정황이 영조를 의심하고 싶지 않아도 의심이 되는 상황이었다. 나는 영조가 일하는 분식집으로 갔다.

"오호, 오성우. 어제 우리 가게 순대가 그렇게 맛있었냐? 또 먹으러 온 거군. 잘 왔다. 오늘 순대는 유독 맛있더라. 지레랑 같이 안 와서 더 반갑다. 이쪽으로 앉아라."

다시 봐도 신기한 아이다. 내가 한 말을 까맣게 잊고 저렇게 친절할 수가.

"순대는 됐고. 아까 내 가방 들고 있었지?"

"가방? 아하! 가방. 맞아. 그랬지. 네가 가방을 내던지고 재후를 구하려 차도에 뛰어들 때 내가 길바닥에 내동댕이쳐진 네 가방을 집어 들고 있었지. 먼지도 탈탈 털어주고. 야, 오성우. 아까 네가 공연히 화내며 가버리는 바람에 말을 못 했는데 말이야. 너 아까 되게 멋졌어. 잘못하면 너도 같이 위험할 상황이었는데 아무것도 따지지 않고 달려가는 게 완전 감동이었어. 가끔 의인에 대한 기사가 나오잖아? 가장 급박하고 가장 위험하고 가장 위급한 순간에 나보다 남을 먼저 도와주고 배려하는 의인들 말이야. 딱 그런 의인을 본 느낌이었다니까."

"나는 의인하고는 상관없다. 그러니까 감동할 필요는 없고, 너 내 가방 열어봤냐?"

단도직입적으로 물었다. 이런 일일수록 뜨뜻미지근하게 말하는 것보다는 잘라서 정확하게 말하는 게 나을 거 같았다.

"아니. 내가 네 가방을 왜 열어봐?"

"솔직히 말해. 솔직히 말하면 그냥 모른 척해줄게. 사실 나는 그거 없어도 되거든. 하지만 그게 어디로 갔는지 정도는 알고 있어야 할 거 같아서."

이 말은 진심이었다. 나는 그 돈이 없어도 상관없다. 하루 늦게 반지를 사는 상황만 생기는 거다. 하지만 모른 척하고 있을 수는 없었다. 그랬다가는 돈이 없어졌는데도 모르는 바보 취급을 받을 것 같았다. 모자란 놈 소리를 들을 것 같았다. 그건 싫다.

"그게 뭔데?"

영조가 눈을 끔벅거리며 물었다.

"몰라서 물어? 우리 그러지 말자."

"모르니까 묻지."

"돈."

"도오온?"

"그래, 돈. 돈이 없어졌어."

"그러니까 성우 네 가방 안에 돈이 있었다는 말이야? 그런데 그 돈이 없어졌다는 뜻인 거니? 결론적으로 내가 네 돈을 훔쳐갔다는 말을 하고 싶은 거냐고?"

영조가 허공을 향해 헛웃음을 날렸다. 그런 적 없다고 팔짝팔짝 뛰며 화내는 모습보다 저런 모습이 더 약올랐다.

"의심되는 사람이 나밖에 없니? 내가 가장 유력해? 그런데 어쩌니. 나는 안 가져갔는데."

영조가 말 한 마디 한 마디를 꼭꼭 씹듯 말했다.

"순대 먹을 거야, 안 먹을 거야? 아무리 열받아도 손님이 먹으려고 마음먹은 건 팔아야지."

이런 상황에서 무슨 순대냐고 소리치고 싶었는데 너무 약이 올라서인지 말이 나오지 않았다. 영조는 주방으로 들어갔다. 대단한 알바의 자세였다. 곧 영조가 순대 한 접시를 들고 나왔다.

"나는 순대를 시키지 않았다."

"그럼 진작 얘기하지 이미 썰어서 내왔는데 이제 와서 그러면 어떻게 해? 일단 썰었으니까 먹든 먹지 않든 네 멋대로 해. 하지만 순대값은 내야 해."

영조 목소리에서 찬바람이 불었다. 나는 만 원짜리 한 장을 탁자 위에 올려놨다. 영조는 거스름돈 6,000원을 내주었다.

"좋아, 없었던 일로 해줄게. 나는 그거 없어도 상관없으니까."

나는 거스름돈을 집으며 말했다. 인심이라도 쓰는 척해야 약 오른 게 사라질 거 같았다.

"오성우. 얼마를 잃어버렸는지는 모르지만 그 돈을 이렇게 쉽게 포기한다고? 너, 돈 많은가 보다. 너는 나를 돈을 훔쳐간 아이로 생각해. 맞지? 돈을 가져간 사람을 잡았으면 당연히 잃어버린 돈을 돌려받아야 하는 거 아니니? 그런데 뭘 없었던 일로 해줘? 진짜 잃어버린 거 맞아?"

"내가 잃어버리지도 않고 이런단 말이야? 내가 미쳤어? 그래, 나 돈 많다. 분식 가게에서 알바하는 너 같은 아이는 상상도 할 수 없을 정도로 많다. 필요하면 가져라, 가져. 쓰고 싶은 곳에 써라. 내가 인심 썼다. 인심 썼다고. 써라. 너 여기서 몇 달 알바해도 못 벌 액수니까 실컷 써라."

강력한 펀치가 연달아 나갔다. 연달아 나간 펀치는 영조 턱과 얼굴을 마구마구 가격했다. 얼마나 강력한 펀치인지 영조의 표정을 보고 알 수 있었다. 하지만 오늘 먼저 펀치를 날린 건 영조다. 영조는 나를 우습게 봤다. 잃어버리지 않은 돈을 잃어버렸다고 말하는 정신 나간 아이로 봤다. 그건 참을 수 없는 일이었다. 영조가 알아들을 수 없는 말을 중얼거렸다. 또렷하지 않은 발음에 입 안으로 들어가는 말이었지만 분명 '미친놈'이라고 말했다.

"나, 미친 거 아니다."

나는 영조를 쏘아봤다.

"괜한 사람 잡지 마라. 정말 화나려고 하니까. 네가 진짜 돈을 잃어버렸다면 길에 흘렸다고 생각해. 어차피 돌려받지 않아도 된다며? 그럼 불쌍한 사람이 그 돈을 주워서 꼭 필요한 곳에 썼다고 믿으라고. 나는 아니니까."

"그걸 말이라고 하냐? 길에 흘리지 않은 걸 어떻게 흘렸다고 생각해?"

"왜 그렇게 생각 못 해? 가져가지 않은 사람이 가져갔다는 생각도 하면서?"

나는 말문이 막혔다.

"됐다. 잘 먹고 잘 살아라."

나는 의자를 발로 차고 돌아섰다.

"잘 먹고 잘 살라고? 너는 왜 내 말을 못 믿어? 나는 네 돈을 구경도 못 해봤어. 왜 자꾸 도둑으로 몰아?"

영조가 소리쳤다.

"오성우. 너, 내가 그렇게도 만만하냐? 이래도 홍, 저래도 홍, 다 받아주니까 사람 깔보는 거냐고? 너 그러는 거 아니야. 어묵 냄새 난다, 순대 냄새 난다, 이럴 때도 참았거든. 진짜 어묵 냄새, 순대 냄새가 나서 그런 말을 한 게 아니라는 거 알아. 그게 무슨 뜻인지 안다고. 하지만 도둑 취급은 하지 마라. 진짜 기분 나쁘니까. 좋아, 내가 케이오당할게. 케이오 패야."

영조가 소리쳤다.

분식집에서 나오는데 찜찜했다. 하지만 내가 없는 말을 한 것도 아니고 의심이 갈 만하니까 의심을 했던 거고 물어볼 만하니까 물어본 거다. 케이오당하는 건 뭐고 케이오 패는 뭐람.

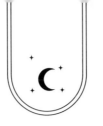

죽은 자의 시간은
오늘과 내일이 연결되지 않는다

밤이 늦도록 재후가 돌아오지 않았다. 초저녁부터 내리기 시작하던 비가 밤이 깊어가며 폭우로 변했다. 재후는 전화도 안 받고 문자에도 답이 없었다. 몇 개월 동안 우리 집에 살면서 단 한 번도 없던 일이었다.

"경찰에 신고해야 하는 거 아닌가?"

나는 엄마에게 말했다. 낮에 뭐에 홀린 듯 차도로 걸어 들어가던 재후 모습이 자꾸만 눈앞에 어른거렸다. 지금 어디선가 또 그런 행동을 한다면 그건 정말 위험한 일이다. 칠흑 같은 어둠에 비도 이렇게 쏟아지는데.

"학교에서 무슨 일 있었어? 성우 너 뭐 아는 거 있어?"

초조하게 현관 앞을 서성거리던 엄마가 돌아봤다.

"엄마가 여러 가지 각도로 생각해봤는데 말이야. 혹시 반지를 준 아이 말이야. 그 아이가 반지를 안 받았니? 재후가 차였어? 그렇다면 재후가 충격을 받았을 수도 있지. 재후가 이래도 흥 저래도 흥, 성격이 좋아 보이지만 자존심 엄청 강해. 지네 엄마 닮아서. 재후 엄마가 자존심이 끝내주거든. 자존심이 상한다 싶으면 당장 죽어도 말 안 해. 아니면 혹시 성우 너, 재후한테 반지가 한 돈이니 뭐니 이런 말 했니?"

"내가 바보야?"

"그렇지? 설마 그런 말을 했겠어? 대체 얘는 어디 있는 거야. 조금만 더 기다려보고 그때도 연락이 안 되면 신고하자."

밤 열두 시가 막 지나면서 비는 더 거세게 퍼부었다.

"안 되겠다. 신고해야겠어."

엄마가 휴대폰을 집어 들었다.

"그런데 신고부터 해야 하나, 아니면 네 이모한테 먼저 연락을 해야 하나."

엄마가 나에게 물었다.

"일단 신고부터 해야 하는 거 아닌가."

"그렇지? 엄마는 신고를 할 테니까 너는 이모한테 전화해."

엄마는 다소 황당한 제안을 했다. 그건 좀 곤란하다고 말하려는 바로 그때였다.

띠 띠 띠 띠, 띠리리~.

현관문 비밀번호 누르는 소리와 함께 현관문이 벌컥 열리며 재후가 들어왔다. 비를 흠뻑 맞아 물에 빠졌다 나온 몰골로 옷으며 들어왔다.

"다녀왔습니다."

재후가 말하는 순간 어이가 없기도 하고 화도 났다. 지금 저런 식의 인사가 어울린다고 생각하는 건지. 밤 열누 시가 넘어온 집에 불을 환히 켜놓고 거실에서 서성거리고 있는 걸 보면 '아, 모두들 나를 걱정하고 있었구나!' 이런 생각이 드는 게 상식 아닌가?

"너 어디 갔다 오는 거야? 얼마나 걱정했는 줄 알아? 왜 전화는 안 받아?"

빳빳했던 긴장이 한순간 풀려서인지 엄마가 울먹였다.

"아, 전화하셨어요? 휴대폰을 할머니 댁에 두고 왔네. 할머니 댁에 다녀왔거든요."

할머니 집이라는 말에 엄마와 나는 서로를 마주 봤다. 재후를 걱정하면서도 전혀 떠올리지 못했던 의외의 장소였다.

"갑자기 거긴 왜?"

엄마가 얼굴을 찡그렸다.

"볼일이 있었거든요."

"무슨 볼일? 할머니한테 연락 온 거야? 너보고 오랬어? 엄마도 알고 있니? 아니지, 알면 거기에 가게 하지는 않았겠지. 아휴, 엄마가 너, 거기 간 거 알면 난리 날 텐데. 내가 그 원망을 어떻게 들어?"

재후 할머니와 이모는 앙숙이었다. 앙숙이라는 표현은 순

전히 엄마의 표현인데 그게 그리 틀린 말은 아니었다. 이모는
몇 번이나 이혼 위기를 거쳤는데 그게 재후 할머니 때문이라
고 했다. 이모부에 대한 재후 할머니의 사랑은 도가 지나쳤고
그러다 보니 이모의 행동이나 말이 재후 할머니 마음에 들지
않았고 시시때때로 부딪쳤다고 한다. 영화나 드라마의 단골
소재로 시대에 상관없이 널리 사랑받고 있는 시어머니와 며느
리의 고부 갈등. 바로 그런 거였다.

피 튀기는 전쟁과도 같은 갈등의 종지부를 찍은 사람은 이
모부였다. 이모부는 재후 할머니와 인연을 끊기로 결심했다.
부모 자식과의 관계가 끊는다고 마음먹는다고 해서 끊어지는
인연인지는 잘 모르겠지만 아무튼 이모부는 단호했다. 재후
할머니에게서 받을 상속을 다 포기한다고 선언했다. 상속을
받지 않아도 이모부는 부자였다. 재후 할아버지가 세상을 떠
나기 전에 이미 물려받은 재산이 있었다.

"대체 걔는 복이 어디에 들어 있는 거니?"

엄마는 그 소식을 들었을 때 이렇게 말했다. 이모가 재후
할머니와의 전쟁에서 이긴 것에 대한 축하의 말 같기도 했고
어딘지 모르게 살짝 질투가 섞여 있는 묘한 말이기도 했다.

어찌 되었든 그 후로 이모는 재후 할머니와의 교류를 완전
히 끊었다. 이모부와 재후도 마찬가지였다. 언젠가 엄마가 무
심코 '니네 시어머니'라는 말을 했을 때 이모는 아주 천진스러
운 표정으로 '나한테 시어머니가 어디 있어?' 이러고 말했다.

모르는 사람이 들으면 엄마가 잘못 알고 말한 것으로 착각할
정도였다.

엄마는 재후에게 무슨 볼일이었느냐고 몇 번 더 물었다. 하
지만 재후는 입을 꾹 다물었다.

"제 시간에 들어오지 않을 거면 미리 말은 해주어야 할 거
아니니? 걱정할 거 뻔히 알면서. 전화는 받으라고 갖고 다니
는 거야. 폼으로 갖고 다니는 게 아니고. 앞으로 또 이런 일이
발생하면 엄마한테 바로 전화할 거야. 오늘은 전화하려고 마
음먹는 바로 그 순간에 네가 들어온 거야."

결국 엄마는 재후가 왜 재후 할머니 집에 갔는지 알아내는
걸 포기했다.

"이 사실을 니네 이모한테 알려야 하는 거니?"

재후가 욕실로 들어가고 나서 엄마가 물었다. 내가 대답할
질문은 아니었다. 알리거나 말거나 나하고는 전혀 상관없는
일이었다.

"아까 고마웠다."

재후가 침대에 누우며 말했다.

"성우 너 아니었으면 차에 치여 죽었을 수도 있었지."

알고 있었네. 알고 있으면서도 아까는 왜 그런 식으로 나
왔담.

"나는 있잖아, 가장 끔찍한 죽음은 교통사고라고 생각해. 그

런 죽음은 꿈도 안 꿔봤는데 말이야. 아휴, 생각만 해도 아찔해."

나는 재후 말에 대답하지 않았다. 그런 끔찍한 일이 일어날 수도 있는 위험한 행동을 왜 했는지, 그리고 아무 말도 없이 할머니 집에는 왜 다녀왔는지 궁금하긴 하지만 내가 그걸 알 이유는 없었다. 의무도 없었고 권리도 없었다. 하지만 내가 삭제했던 이모 문자가 자꾸만 생각났다.

재후가 밤새 앓았다. 슬쩍 재후 이마에 손을 올려봤다. 열이 있었다. 비를 그렇게 맞고 다녔는데 아프지 않으면 그게 더 이상하긴 했다.

열이 펄펄 끓는데도 재후는 해열제 두 알을 입 안에 털어 넣고는 학교에 간다고 했다. 아파도 학교에 갈 정도로 학교와 친한 사이도 아니면서 고집을 부렸다.

재후는 온종일 꼼짝도 하지 않고 자기 자리를 지켰다. 아파도 무지하게 아픈 모양이었다. 지레에게 얼씬도 하지 않았다. 가끔 영혼이 탈출한 눈으로 멍하니 창밖을 보기도 했다.

영조는 쉬는 시간마다 책을 읽고 있었다. 매일 옆에서 치근덕거리며 내가 뭘 하는지 두 눈을 번쩍이며 지켜보더니 오늘은 아니었다. 케이오당한다는 말이 나에게서 완전히 관심을 끊겠다는 뜻이었던 것 같다.

'참 고마운 일이네.'

간절히 바라던 바다. 하지만 찜찜하기는 했다. 어차피 그 돈은 없어도 되는데 모른 척하고 말걸 공연히 다그친 거 같아 후회도 되었다.

온종일 비가 퍼부었다. 수업이 끝나고 교실에서 나오기 직전 입금되었다는 영어 선생님의 문자가 왔다. 오늘은 좀 빨리 입금되었다. 나는 고릴라 스터디카페 근처에 있는 ATM에서 돈을 찾았다. 돈을 찾고 돌아서는데 지레가 ATM 앞에 서 있었다. 학교부터 나를 따라온 게 확실했다.

"운동은 일주일에 몇 번 가?"

지레가 뜻하지 않은 질문을 했다. 방어할 시간도 주지 않고 훅 들어온 질문에 당황했다.

"으응? 응, 일주일에 두 번. 토요일, 수요일."

나는 입에서 나오는 대로 말했다.

"와. 오늘 가는 날이네? 나도 같이 가면 안 돼?"

지레 말을 듣는 순간 오늘이 수요일이라는 걸 깨달았고 말을 잘못한 걸 알았다. 대답을 하지 못하고 서 있는데 지레가 바짝 다가서더니 자기 우산을 접고 내 우산 안으로 들어왔다. 상큼한 냄새가 났다. 비 냄새와 섞인 그 냄새는 시원하기도 했다.

"그러자."

나는 그 냄새에 취해 감당하지 못할 대답을 하고 말았다. 에라, 모르겠다. 돈이 있는데 어떻게 되겠지. 무작정 찾아가서 돈을 내고 운동 좀 하자고 하면 장사하는 입장에서 안 된다고 하지는 않겠지. 예전에 재후가 자기가 다니던 피트니스센터

이름을 말해준 것 같은데 이름이 떠오를 듯 말 듯 했다. 최대한 집중하자 어렴풋이 이름이 떠올랐다. 그리고 곧 이름은 선명해졌다. US 피트니스센터였다.

'지하철 타고 가면서 시간 좀 벌자.'

지하철은 복잡했다. 비가 내려서인지 더 그랬다. 겨우 자리 하나가 났다. 나는 지레를 앉게 했다. 지레가 내 가방을 받았다. 지하철을 타고 재후네 집이 있는 동네까지 가면서 인터넷 검색을 했다. 다행히 카톡으로 상담할 수 있었다.

-오늘 당장 등록하고 운동할 수 있나요?

-오늘 등록은 가능하지만 오늘부터 운동은 불가능합니다. 회원 카드를 만들고 개인 로커를 준비하는 시간이 필요하거든요.

-운동도 안 해보고 그 센터가 어떤지 어떻게 알고 등록을 하나요? 일단 운동을 해봐야 좋은지 어떤지 알지요. 운동을 해보고 좋으면 당장 등록한다니까요.

-저희 센터에 와보시면 그런 의심은 단박에 날릴 수 있습니다.

-제발요, 제발, 제가 사정이 좀 있어서요, 오늘부터 운동 좀 할게요.

나는 통사정했다. 우리 동네 헬스클럽은 길에서 전단지를 나눠주며 제발 와달라고, 일단 와서 운동을 해보고 등록을 하든 말든 결정하라고, 석 달 등록하면 한 달은 공짜라고 길 가는 사람 붙잡고 통사정을 하는데 완전히 반대였다.

-좋습니다. 사정이 있으시다니 그렇게 하도록 하지요. 오셔서 한 시간 운동하신 후 등록하세요.

나는 지하철에서 만세라도 부르고 싶었다.

'지레와 친해지는 일이라면 이 정도는 견뎌야지. 특이사항의 시간이 다 가기 전에 지레와 완벽하게 친해져야 해.'

특이사항 18일 중에 3일이 지났다. 오늘은 피트니스센터에 3개월 등록을 하고 나머지로 반지를 사야겠다고 결심했다. 어제 입금된 돈과 오늘 돈을 합하면 그러고도 남을 거다.

"오늘 다시 등록하는 날이야. 6개월 등록했었는데 기간이 지났거든."

US 피트니스센터에 들어가며 나는 지레에게 말했다.

"며칠 전에 등록했다고 안 했어? 차가 밀리는 바람에 고릴라 스터디카페에 오지 못했다고 그랬잖아."

아차!

"아하, 맞다. 등록했다. 깜박 잊고 있었네. 오늘은 운동만 하면 되는 거야."

거짓말하기 진짜 힘들다.

US 피트니스센터는 우리 동네 헬스클럽과는 달랐다. 간판에서 풍겨져 나오는 고급스러움부터 달랐고 인테리어의 수준이 달랐다. 운동 기구도 번쩍번쩍 빛이 나는 게 감히 건들기가 망설여질 정도였다.

"여기서 잠깐 기다려."

나는 지레를 문 옆 소파에 앉게 하고 아주 태연하고 느긋하게 카운터로 갔다.

"아까 상담했는데요, 오늘 하루 운동하고 등록하기로 했어요."

카운터 직원은 친절하게 탈의실을 알려주었다. 탈의실에서 옷을 갈아입으며 나는 운동을 한다고 거짓말했던 걸 뼈저리게 후회했다. 탈의실에서 옷을 갈아입는 사람들의 근육은 이세상 근육이 아니었다. 탈의실 벽에 붙은 거울 속에 비치는 내모습이 한없이 초라했다. 들어오면서 언뜻 봤을 때 많은 사람들이 운동을 하고 있었다. 한없이 가녀린 이 모습으로 그 근육속에 섞일 자신이 없었다. 나는 도로 내 옷으로 입었다. 그러고는 인상을 쓰며 밖으로 나왔다.

"성우야, 성우야."

지레가 나를 보자 벌게진 얼굴로 달려왔다.

"나, 성후린 봤다. 성후린 알지? 중국 배우인데 한국으로 귀화한 배우 있잖아. 여기서 운동하나 봐."

지레는 흥분해서 어쩔 줄 몰라했다.

"오늘은 그냥 가야겠어. 갑자기 배가 아파. 먹은 것도 없는데 왜 이러지? 여기서 좀 기다려."

나는 카운터로 가서 3개월 등록을 하겠다고 말하며 3개월 동안 근육을 키운 다음 지레와 다시 올 거라는 계획을 세웠다.

나는 직원이 말하는 금액을 듣고 내 귀를 의심했다. 내가 생각했던 금액에서 동그라미 하나가 더 붙었다. 그래도 반지를 살수는 있을 기 같았다.

밖으로 나왔을 때 빗줄기는 더 거세져 있었고 천둥 번개까지 치고 있었다.

"다음에 또 따라와도 되지? 또 와야지."

"당연히 따라와도 되지."

"나는 있잖아, 성우야. 지금과 같은 이런 시간이 오래오래 계속되었으면 좋겠어. 어느 날 갑자기 무 자르듯 뚝 끊어지지 않고. 며칠 지나고 무가 잘리듯 이런 시간이 잘려 나가지는 않겠지?"

지레가 말했다.

내가 지금 간절히 바라는 마음이 바로 그거다. 특이사항의 날짜가 지나고 지금과 같은 시간이 신기루처럼 사라지면 어쩌지? 방금 그 생각을 하고 있었다.

지레와 헤어지고 나서 백화점으로 갔다. 문 닫기 직전에 겨우 도착했다.

"포장 예쁘게 해주시고요. 보증서도 꼭 넣어주세요."

나는 가방 지퍼를 열었다.

"어? 어디 갔지?"

돈이 없었다. 아까 찾은 돈에서 피트니스센터에 등록하고 남은 돈만 있었다. 어제 돈이 감쪽같이 사라지고 없었다.

"왜 그래요, 또?"

백화점 직원이 이맛살을 찡그렸다.

어제는 영조가 알바하는 분식 가게에 들렀다가 곧바로 집으로 돌아왔다. 의심할 만한 것이 아무것도 없었다. 오늘은 화장실에 세 번 갔고 급식실에 갔던 게 전부다. 급식실에 갈 때는 어제처럼 가방을 사물함에 넣어두고 갔었다. 쉬는 시간? 그 많은 눈들을 무시하고 남의 가방을 열고 돈을 꺼내갈 강심장은 흔치 않다.

꼬리에 꼬리를 물던 생각이 지레로 이어졌다. 지하철 안에서 지레가 내 가방을 안고 있었고 나는 인터넷 검색, 카톡 상담을 하느라고 바빴다. 그 시간이면…….

'내가 지금 무슨 생각을 하는 거야? 지레를 의심하는 거야? 미쳤다, 미쳤어.'

나는 정신을 차리고 고개를 저었다. 결국 빈손으로 백화점에서 나왔다. 가방 안의 돈을 몇 번이나 확인했다. 확인하고 또 확인해도 오늘 찾은 돈 중에 피트니스센터에서 등록하고 남은 돈이 전부였다.

'이게 무슨 상황이지?'

도무지 이해할 수 없는 일이었다.

재후는 아침에 일어나지 못했다. 열이 펄펄 끓었다. 엄마는 그럴 줄 알았다고 말했다. 어제 진작에 병원에 갔으면 괜찮았을 텐데 병을 키웠다고 말이다.

"선생님께 재후 아파서 결석이라고 말씀드려. 이따 엄마가 전화를 드리겠지만 성우 너도 잊지 말고 말씀드려. 하여간 말도 징그럽게 안 듣지. 많이 아프면 이모한테 말해야 하고 그러면 왜 아픈지도 설명해야 하는데 비를 맞았다고 하면 왜 비를 맞고 다니느냐고 할 거고, 아휴."

엄마는 재후가 재후 할머니 집에 간 걸 이모가 알면 큰일 난다고 했다.

"어차피 전화할걸 왜 나까지 말해야 해. 그게 뭐 그리 대단한 일이라고 요란을 떠느냐고."

"성우 너까지 왜 그래? 왜 엄마 속을 썩이느냐고?"

"엄마. 말은 바로 해. 내가 엄마 속을 썩인 게 뭐가 있어? 엄마 속은 재후가 썩인 거라고. 어차피 선생님한테 전화할 건데 재후가 아픈 게 무슨 국가적 재난 상황도 아니고 나까지 호들갑을 떨어야 할 필요는 없잖아? 그런 뜻으로 말한 건데 그게 속 썩인 거야? 아, 몰라. 그래, 내가 동네북이다, 동네북이야. 마음대로 때려라."

나는 방으로 들어와 가방을 챙기다 깜짝 놀랐다. 돈이 없어졌다. 어젯밤 잠들기 전까지만 해도 가방 안에 있던 돈이 사라졌다. 나는 침대 위에 널브러진 재후를 바라봤다. 깊이 생각할 것도 없이 재후는 아니다.

'그날 받은 돈을 그날 쓰지 않으면 사라지는 건가?'

그게 아니라면 이 상황을 도무지 설명할 길이 없었다.

'구미호 카페에 가서 물어봐야겠다. 이상한 상황을 그대로 지나갈 수는 없잖아.'

날씨가 도와주었다. 오전까지 짙은 구름이 내려앉아 우중충하던 하늘은 오후가 되자 말끔히 개었다. 나는 재개발 동네 언덕 아래에서 달이 뜨기를 기다렸다. 달이 서서히 모습을 나타낼 때 언덕을 뛰어 올라갔다.

누군가 구미호 카페 대문 앞에 서 있었다. 잠시 후 그 사람은 천천히 마당 안으로 들어갔다. 은은한 조명이 뒷모습을 비췄다. 그 남자였다. 모자를 눌러쓰고 허름하고 긴 점퍼를 입고 왔던 그 남자. 유리 진열장을 물끄러미 바라보고 있던 그 남자.

남자가 구미호 카페로 들어가고 난 다음 약간의 시간차를 두고 나도 카페 안으로 들어갔다. 문소리에 꼬리가 돌아봤다.

"물어볼 말이 있어서요. 도저히 그냥 지나칠 수 없는 일이 생겼어요."

"물어볼 말이 뭔지 대충 짐작이 가요. 제가 저번에 말했지요? 믿고 기다리면 자연스럽게 해결된다고요."

"자연스럽게 해결될 일이 아니니까 왔지요. 다이어리를 사가고 나서 하루에 얼마씩 돈이 생기는데요, 그게 자꾸 없어져요. 혹시 그날 생긴 돈을 그날 쓰지 못하면 사라지는 건가요?"

"죽은 사람들의 물건으로 인해 얻은 시간은 손님의 시간이 아니라고 분명히 말씀드렸는데요. 죽은 자의 시간을 얻어 사는 거지요. 죽은 자들의 시간은 오늘과 내일이 연결되지 않아요. 손님이 죽은 자에게 오늘 얻은 것은 오늘 끝나고, 내일 얻은 것은 내일로 끝나요. 무슨 말인지 알겠어요?"

"그렇게 중요한 걸 왜 이제야 말해줘요?"

"말했어요. 잘 기억해보세요. 손님, 우리 카페에서 물건을 구매하고 간 다음 뭘 물어보기 위해 찾아오는 것은 딱 두 번만 허용됩니다. 손님은 이미 두 번을 다 썼네요."

"저기요."

그때 유리 진열장 앞에 서 있던 모자를 쓰고 긴 점퍼를 입은 사람이 꼬리를 불렀다.

"예, 손님."

꼬리가 그쪽으로 달려갔다.

꼬리는 그 사람을 데리고 주방 뒤쪽으로 갔다. 잠시 후 주방 뒤에서 나온 꼬리는 유리 진열장에서 물건 하나를 꺼냈다. 손잡이 부분이 망치처럼 둥근 주걱이었다. 꼬리는 주걱을 정성스럽게 포장하기 시작했다.

"손님, 아직 안 돌아가셨나요?"

꼬리가 나를 발견하고는 물었다. 나는 재빨리 카페에서 나왔다.

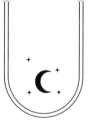

구미호 카페 룰은 지켜야 해

영조와 눈이 마주칠 때마다 마음이 불편했다. 사과를 해야할 거 같았다. 이 문제는 내가 영조를 싫어하고 좋아하고와는별개였다. 멀쩡한 아이를 도둑으로 몰았으니 진심으로 사과해야 했다. 하지만 입이 떨어지지 않았다. 쌀쌀맞게 내 옆을스쳐 지나가는 영조를 보면 등골이 서늘해질 정도였다. 영조의 그런 모습은 처음이었다. 내가 뭐라고 하든 영조는 늘 웃었었다. 성질을 부리고 면박을 주어도 속없는 아이처럼 웃었다. 화가 나도 제대로 난 듯했다. 하긴 나라도 그랬을 거다. 세상에서 제일 억울한 거는 오해를 받고 누명을 쓰는 거니까. 그것도 돈을 가져갔다는 말도 안 되는 누명을 썼으니.

'나중에, 나중에 사과하자.'

도저히 용기가 나지 않아 다음으로 미뤘다. 시간이 지나면

영조 마음도 지금보다는 누그러질 테고 그때쯤 기회를 봐서
사과하기로 했다. 그동안은 영조의 싸늘한 눈길은 어쩔 수 없
이 참아내야 했다.

　재후는 오늘도 일어나지 못했다. 열이 떨어지지 않았다. 재
후가 연달아 결석을 하는데도 지레는 재후에 대해 별로 궁금
해하지 않는 듯했다. 궁금하다면 나에게 넌지시 재후에 대해
물어보기라도 할 텐데 내 앞에서 재후 얘기는 꺼내지 않았다.
내심 기뻤다. 아니 기쁜 정도가 아니라 세상을 모두 다 가진
듯한 기분이었다.
　3교시가 끝나고 화장실에 다녀오는데 영조가 복도를 달려
가고 있었다. 가방까지 메고 있는 걸로 봐서 집에 가는 것 같
았다. 무슨 급한 일이라도 있는지 허둥거렸다. 영조가 왜 수
업 도중에 집에 갔는지 아는 아이는 아무도 없었다. 쉬는 시간
에 담임이 교실로 와서 영조에게 휴대폰을 확인해보라고 했고
휴대폰을 확인한 영조는 얼굴이 새파래져서 집으로 갔다는 게
반 아이들이 알고 있는 전부였다.
　'무슨 일이지?'
　자꾸 신경이 쓰였다.
　'수업 끝나고 분식집에 가볼까? 살짝 가서 영조가 가게에 있
는지 없는지만 확인할까? 가게에서 일하고 있다면 크게 걱정
할 일이 아닐 거야.'

영조에 대한 미안함 때문인지 자꾸만 관심이 갔다.

수업이 끝나자마자 입금했다는 문자가 왔다. 돈을 찾아 돈에 맞는 반지를 샀다. 내게 생기는 돈에 내일은 없다. 백화점에서 나오는데 지레에게서 문자가 왔다.

–순대 먹으러 가자.

나와 지레 마음이 통한 거 같았다.

–좋지. 그렇지 않아도 너한테 줄 게 있는데.

나와 지레는 분식집 앞에서 만났다. 영조는 보이지 않았다. 검은 앞치마를 한 할머니가 가게 한쪽 구석에 앉아 졸고 있다가 나와 지레를 보자 화들짝 놀라며 일어났다.

"어서 오쇼."

할머니는 팔뚝으로 눈을 몇 번 비빈 다음 탁자를 가리키며 앉으라는 턱짓을 했다.

"영조는요?"

지레가 가게 안을 둘러보며 물었다.

"아하, 영조 친구들인가 보네. 영조는 병원에 갔지. 내가 몸이 성치 않아서 영조가 없으면 힘들어. 손님도 없고 그만 문을 닫을까 어쩔까 망설이고 있던 중이었지. 요즘은 대부분 영조가 혼자 가게를 보는 편이지."

할머니는 연신 하품을 해댔다.

"병원에는 왜요? 영조가 어디 아파요?"

"으응? 아니, 아니야. 영조가 아픈 게 아니라 영조 아빠가 얼마 전에 갑자기 쓰러졌어. 친구인데 몰랐냐?"

할머니가 눈을 끔벅거렸다. 친구가 그 정도도 모르다니, 참으로 의아하군, 이런 눈빛이었다.

"영조 아빠가 아파요? 많이요? 어디가요? 영조가 말해주지 않아서 몰라요."

지레가 말했다. 친하지 않은 사이라서 모른다는 말보다 말해주지 않아서 모른다는 말이 듣기 좋았다.

"으응, 맞네, 맞아. 말하지 않으면 알 도리가 없지. 영조가 말을 하지 않았구나. 하긴 영조는 아무리 힘든 일이 있어도 힘든 표를 내지 않는 아이지. 매일 웃고 또 웃어. 진짜 좋아서 웃는 건 아닐 거고 웃어야 좋은 일도 생긴다고 해서 웃는 거겠지. 영조가 항상 웃고 지내서 좋은 일이 생기는지 영조 아빠가 요즘은 많이 좋아졌다고 하더라. 일어나서 병원 안을 살살 걸어다니기도 한다니 얼마나 다행이야. 그런데 뭔 급한 일인지 모르겠네. 아까 병원이라고 전화만 왔거든. 도로 쓰러졌다는 건 아닌지. 제발 그런 일은 없어야 하는데. 아이고, 내 정신 좀 봐라. 뭐 먹을래? 뭐 줄까?"

할머니는 쉬지 않고 나오는 하품을 털어내듯 머리를 좌우로 몇 번 흔든 다음 물었다.

"순대 1인분하고 어묵 2인분 주세요. 그런데 할머니, 영조 아빠가 왜 쓰러지셨어요?"

"병명을 듣기는 들었는데 잊어버렸다."

"혹시 불치병 같은 건 아니지요?"

"나도 잘 모르지. 어떤 병인지 듣긴 들었는데 그것도 잊어버렸다. 내 나이 되면 어제 일도 오늘 일 같고 오늘 일도 어제 일 같거든. 특히 사람 이름이든 병명이든 이름 외우기가 제일 힘들어. 물어보는 거마다 죄다 모른다고 답답해하지 말고 니네들이 이해해라."

할머니가 주방으로 들어가고 나서 지레는 내 앞으로 바짝 다가앉았다.

"답답하겠다."

지레가 말했다.

"누가?"

"저 할머니 말이야. 알았던 일들, 들었던 것들을 다 잊어버리고 생각이 나지 않으면 답답할 거 아니야. 나중에 정말 잊고 싶지 않은 소중한 기억도 잊을 수 있잖아. 휴."

지레가 할머니 뒷모습을 바라보며 낮게 한숨을 쉬었다.

"나는 있잖아. 순대에 대한 잊지 못할 기억이 있거든. 너는?"

지레가 물었다.

"나? 나는 순대에 대한 기억 같은 거 없지. 순대를 그닥 좋아하지 않았으니까."

"없다고?"

지레가 내 얼굴을 빤히 바라봤다. 지레 표정이 좀 이상했나. 실망한 것 같기도 하고 화가 난 것 같기도 했다. 내가 순대를 좋아하지 않는다고 해서 화가 난 건가? 하지만 그건 화를 낼 일이 아니다. 사람마다 좋아하는 음식이 다르고 취향도 다르다. 그 정도는 이해할 수 있는 지레인데 좀 이상했다.

"나는 네가 기억하고 있다고 믿었는데?"

지레가 알 수 없는 말을 했다.

"어떤 기억?"

나는 지레에게 되물었다.

"지금은 말 못 해. 나중에, 나중에 말할게. 하지만 나는 네가 그걸 기억한다고 굳게 믿고 있었거든."

지레가 말했다.

"지레 너와 나는 중학교에 와서 만났어. 지레 너는 말도 잘 안 하는 스타일이고 나한테 말을 걸어본 적도 없을걸. 그런데 무슨 기억할 만한 일이 있었겠냐?"

지레가 기억하고 있다는 그 기억이 진짜 나에게도 있었으면 좋겠지만 전혀 아무것도 떠오르지 않았다.

지레는 더 이상 아무 말도 하지 않았다. 내 얼굴만 빤히 바라볼 뿐이었다. 마침 순대와 어묵이 나왔다. 지레는 묵묵히 순대와 어묵을 먹었다.

"영조는 오늘 안 올 거 같다. 그만 가자."

지레가 자리를 털고 일어났다.

"아이스크림 먹으러 갈까? 아이스크림 먹고 싶어서 죽을 거 같아."

나는 주머니 속에 있는 반지 케이스를 만지작거리며 물었다.

"아이스크림 먹고 싶어서 죽었다는 말을 들으면 안 되니까 가자."

나와 지레는 저번에 그 아이스크림 가게로 갔다.

아이스크림을 앞에 놓고 지레와 마주 앉았다. 나는 조심스럽게 반지 케이스를 탁자 위에 올려놨다. 심장이 터질 듯 뛰었다. 이건 고백이었다. 내가 지레 너를 좋아한다는 고백.

"이게 뭐야?"

지레가 포장지를 뜯는데 꼭 내 마음이 한 겹, 한 겹, 뜯어지는 것 같았다. 반지 케이스가 모습을 드러낼 때는 내 마음을 온전히 들킨 것 같아 얼굴이 뜨거워졌다. 상대에게 좋아하는 마음을 들킨다는 것은 간절하면서도 쑥스러운 일이었다. 지레는 손가락에 반지를 꼈다.

"많이 비싼 것 같은데, 돈이 어디서 나서 산 거야?"

와! 예쁘다! 이런 말을 기대했는데 아니었다. 약간 실망스러웠다.

"응? 으응, 별로 안 비싸. 마음에 들어?"

지레는 고개를 끄덕였다. 응, 마음에 들어, 완전! 이런 말을 기대했는데 또 아니었다. 그러자 실망이 되면서 이상한 감정이 끓어올랐다.

"그 반지는 뭐야?"

나는 지레의 왼손 넷째 손가락에서 빛나고 있는 반지를 턱으로 가리켰다. 재후가 선물한 반지다.

"친구가 선물한 거야."

지레가 말할 때 나는 분명히 봤다. 지레 얼굴이 벌게지는 걸. 가슴속에서 끓어오르던 그 감정은 정수리를 치고 나갈 것 같았다.

"그 반지는 마음에 드니?"

지레가 재후가 준 반지를 만지작거릴 때 나는 터질 거 같은 감정을 참지 못하고 자리를 박차고 일어났다. 지레는 잠시 나를 멍하니 바라봤다.

"그만 가자."

나는 아이스크림 가게 밖으로 나왔다.

"왜 그래?"

지레가 물었다. 나는 대답하지 않았다.

"어? 달 떴다."

지레가 소리쳤다. 나와 지레는 동시에 달을 바라봤다. 달이 뜨는 건 특별한 일이 아니다. 하지만 지금 나와 지레에게 달은 특별하다. 달이 뜨는 날 구미호 카페에 갔고 각자 죽은 사람의 물건을 샀으며 그리고 간절히 원하던 각자의 시간을 보내고 있는 중이다. 그나저나 지례가 간절히 원했던 건 뭘까? 당장이라도 물어보고 싶은 마음이 들었지만 그럴 수가 없었다.

"그만 집에 가자."

나는 내가 화가 났다는 것을 지례에게 알려주고 싶었다.

"오성우. 달이 뜬 날 말이야."

지례가 나를 뚫어지게 바라봤다. 순간 가슴이 철렁했다. 나는 초조해졌다. 어떤 말로 말을 돌릴까 생각하는데

"아니야, 아무것도."

지례가 고개를 저었다.

"오성우."

지례가 다시 나를 바라봤다.

"지례야."

나는 나지막하게 지례를 불렀다.

"너랑 나랑은 절대 해서는 안 될 말이 있어. 너도 알고 있지? 우리 그 말은 하지 말자."

나는 진지하게 말했다. 지례가 아랫입술을 질끈 깨물었다. 한참 동안 침묵이 흘렀다.

"좀 이상해. 뭔가 잘못 가고 있다는 느낌이야. 그게 나에게 중요한 만큼 너에게도 중요하다고 믿었는데 아무래도 이상해. 오성우, 그 룰을 어기면 어떤 일이 일어날까?"

지례가 물었다.

"오성우 너는 뭔가 이상하다는 걸 느끼지 못하는 모양이네? 그래도 룰을 어기면 안 되겠지? 이제 며칠 지나지 않았는데. 반전이라는 것도 있을 텐데."

아, 답답해. 나는 지레가 이상하다고 느끼는 그게 뭔지 궁금해서 견딜 수가 없었다. 하지만 지레 말대로 아직 며칠 지나지 않았다. 궁금하다고 해서, 지레 말대로 좀 이상하다고 해서 룰을 깰 수는 없었다.

"룰, 룰을 어기는 일은 안 돼."

나는 분명히 말했다.

"알았어. 룰을 어기는 일은 없어."

지레가 말을 씹듯 한 마디 한 마디 힘주어 말했다.

다시 또 한참의 침묵이 흘렀다.

"2학년 겨울 방학 때야. 눈이 펑펑 내리던 날이었어. 30년 만인지 40년 만의 대단한 한파라고 인터넷이고 텔레비전이고 떠들어대던 때야. 메가 백화점 앞에서 있었던 일 기억 안 나? 나는 그 일을 네가 기억하고 있는 줄 알았는데."

메가 백화점 앞에서 눈이 펑펑 쏟아지던 날 지레를 만난 적이 있었나? 캄캄한 도화지를 펼쳐놓은 듯 머릿속은 까맸다.

"나는 잘 기억 안 나. 그러지 말고 어떤 일이 있었는지 네가 말해주면 되잖아."

나는 답답해서 이렇게 말했다.

"말할 수 없으니까 빙빙 돌려서 묻는 거 아니니?"

지레가 말했다. 그 기억이 구미호 카페와 연관이 있다는 걸 알았다. 구미호 카페와 연관이 있다는 걸 알고 나니까 더 이상 할 말이 없었다. 침묵이 흘렀다.

"어? 재후다."

지레가 말했다. 지레 눈이 멈춘 곳에 재후가 지나가고 있었다. 쟤가 여기에 무슨 일이지? 여긴 학교와 거리가 좀 있는 곳이다. 집과도 멀었다. 아이들이 잘 오지 않는 곳이고 볼일이 있지 않으면 올 일이 없는 곳이다. 아파서 결석까지 한 아이가 지금 여기에 왜 나타났는지 알 수 없었다. 설마 할머니 집에 가는 건가? 나는 재후 할머니 집이 어디인지 모른다. 하지만 이쪽 골목은 지하철역이나 버스 정류장이 없는 곳이다.

지레와 헤어진 후 재후가 간 쪽으로 달려갔다. 재후는 멀리 가지 못했다. 나는 재후를 미행하기 시작했다. 재후가 재개발 지역 방향으로 걸어갔다.

'저기로 가면 빈 동네인데 저길 왜 가는 거지?'

재후가 언덕길을 올라가자 사방으로 뻥 뚫려 있어서 더 이상 미행이 불가능했다.

'혹시 재후도?'

재후도 구미호 카페에 가는 것일 수도 있다는 생각이 들었다. 나는 얼마간의 시간차를 두고 구미호 카페로 갔다. 서서히 어둠이 내리고 있었고 달빛은 점점 더 환해졌다.

구미호 카페에서 은은한 불빛이 흘러나왔다. 나는 조심스럽게 대문으로 들어섰다. 통창 너머로 꼬리 모습이 보였다. 구석 자리에 누군가 앉아 있는 듯했다. 재후인지 아닌지는 정확히 알 수 없었다. 나는 재후인지 아닌지 확실히 알고 싶었다. 나는 문을 열었다. 하지만 열리지 않았다. 고이 접어 주머니에 넣고 다니는 전단지를 꺼내 기계에 댔다. 삐이이익! 소리가 나며 기계에서 빨간빛이 번쩍했다.

'물건을 사 간 다음에는 두 번 이상 올 수 없다고 했지.'

나는 그제야 꼬리가 했던 말을 떠올렸다. 잠시 카페 안을 바라보다 돌아섰다.

"재후는?"

집에 들어서기 무섭게 엄마가 물었다.

"재후는 오늘 학교에 안 왔어. 재후에 대해서는 같이 집에 있던 엄마가 더 잘 알 거 아니야? 왜 나만 보면 '재후는?' 이러고 물어? 다시 한번 말하지만 나는 재후와 세트가 아니야. 같은 방 쓴다고 해서 세트로 착각하지 마."

"얘 진짜 어디 간 거야. 눈 깜짝할 사이에 사라졌어. 미칠 노릇이다, 미칠 노릇이야. 아휴. 내가 왜 남의 자식을 봐준다고 해서 이 고생인지 모르겠다."

엄마 말의 뉘앙스로 봐서 이모와의 거래를 후회하고 있다는 뜻이다. 의외였다. 재후 때문에 속을 썩고 있긴 하지만 그 정도로 거래를 절대 후회는 하지 않을 거라고 생각했었는데.

"아닌 말로 내가 재후를 제대로 못 돌본 게 뭐가 있어? 애가 살다 보면 아플 수도 있는 거지. 세상에 안 아프고 사는 사람이 몇이나 되느냐고? 그깟 돈 좀 준다고 사람을 종 취급하고 있어. 돈도 많이나 주면서 그러면 내가 말도 안 해. 적다고 화를 낼 수도 없고 더 달라고 말할 수도 없을 정도로 애매하게 주면서 생색은. 그렇게도 못 믿을 것 같으면 제가 데리고 가면 되잖아. 왜 믿지도 못하는 사람한테 애를 맡겨 놓고 사람을 잡아? 아휴. 할머니 집에 갔었다는 사실이 나중에 밝혀지면 또 무슨 말을 들을지 지금부터 걱정이네. 재후 이 자식, 할머니 집인지 어딘지 한 번 더 가봐. 내가 가만두나. 아, 맞다."

엄마가 갑자기 무슨 생각이 난 듯 멈칫했다.

"할머니 집에 두고 온 휴대폰을 찾으러 가야 한다고 아침에 그랬었어. 휴대폰 찾으러 갔나 보다. 내가 하도 정신이 없어서 그걸 깜박 잊고 이러고 있었네. 내가 내 자식 때문에도 정신 나간 적이 없는데 조카 때문에 정신이 나갔네, 정신이 나갔어."

"재후가 아픈 거 이모가 알았어?"

"그럼 알려야지. 아픈데 안 알렸다가 나중에 무슨 원망을 들으려고. 사람이 마음 편한 게 최고지. 내가 그 진리를 왜 이제야 깨닫는지 모르겠다."

엄마는 소파에 털썩 앉았다. 엄마 눈 밑으로 다크서클이 짙게 내려와 있었다. 얼굴도 피곤에 찌들어 있었다.

디리리리리릭, 디리리리릭.

방으로 들어오는데 휴대폰 진동 소리가 들렸다. 내 휴대폰은 아니었다. 나는 소리를 따라 침대에 널브러진 이불을 걷었다. 재후 휴대폰이 울리고 있었다. 힐머니 집에 두고 온 게 아니었다.

이모가 문자를 보내고 있었다. 문자는 끝없이 이어졌다. 쳐다보기만 해도 한숨이 절로 나왔다. 엄마와 이모는 외모나 성격상 닮은 것이 별로 없는 자매였다. 하지만 누가 자매 아니랄까 봐 닮은 점이 있었다. 문자를 한번 보내기 시작하면 끊임없이 이어서 보낸다. 하고 싶은 말을 일목요연하게 써서 한번에 보내면 좋을 텐데 한 줄 써서 보내고 다시 한 줄 써서 보낸다. 어떤 때는 단어 하나를 보내고 다시 단어 하나를 보내기도 한다.

–성우야.

–학원

–샘이

–아, 수학 학원.

–네 성적

–더 올려야 한다고

–전화했더라.

이런 식이다.

−수학 학원 샘이 너 성적 더 올려야 한다고 전화했더라.

딱 한 번 보내면 끝날 문자를 일곱 번이나 보낸다. 휴대폰 문자음이 지속적으로 울리면 그것도 스트레스다. 엄마가 보내는 문자가 오매불망 기다리는 반갑고 반가운 문자도 아니고 말이다.

나는 자연스럽게 재후 휴대폰 비밀 패턴을 풀었다.

"52개?"

이모가 보낸 문자 중에 확인하지 않은 문자가 52개였다. 재후가 나가고 난 뒤에 온 문자인지 아니면 재후가 일부러 확인하지 않은 문자인지 그것까지는 알 수 없었지만 자매끼리 누가누가 문자를 지속적으로 많이 보내는지 배틀이라도 하면 막상막하인 건 확실하다. 무슨 내용인지 확인하고 싶은 마음이 간절했지만 참았다.

이모와의 채팅창 아래로 지레 이름이 떠 있었다.

−많이 아프니?

지레가 오늘 보낸 문자였다. 재후는 답장을 보내지 않았다.

−결석할 정도로 아파?

어제 지레가 보낸 문자였다. 재후는 역시 답 문자를 보내지 않았다. 그것 외에는 문자가 없었다. 예전 문자는 모두 삭제하고 없었다. 아까 느꼈던 그 감정이 도로 되살아났다. 정수리가 터질 거 같은 뜨거운 기운 말이다.

－내가 아프거나 말거나 상관 좀 하지 마라.

나는 또박또박 채팅창에 써넣은 다음 보내기를 눌렀다. 그런 다음 재후가 볼 수 없도록 삭제했다.

나는 앞으로 돈을 찾을 때마다 무조건 반지를 사기로 했다. 재후가 사준 반지를 지레 손가락에서 빼게 하는 것, 그게 내 목표였다. 반지를 낄 손가락이 모자라면 재후가 선물한 반지를 빼겠지. 만약 안 뺀다면? 그건 그때 가서 생각해봐야겠다.

나는 책상 의자에 앉아 창밖을 내다봤다.

'며칠이 지났지?'

손가락을 꼽아봤다. 여러 날이 지났다. 간절히 원하는 돈이 매일 생기고 말도 못 걸어보던 지레와 매일 만날 수 있게 되었다. 그런데 뭔가 허전했다. 안에 들어가지 못하고 문가에서 서성거리는 그런 기분이었다. 분명 원하는 대로 다 되고 있는데 내가 원하는 대로 되고 있는 건 없는 듯했다.

'이러다 특이사항 시간이 다 지나가면?'

갑자기 마음이 조급해지고 초조해졌다.

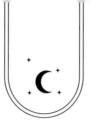

각자의 비밀들

돈을 찾아 들고 곧장 백화점으로 달려가 반지를 샀다. 백화점에서 나오며 지레에게 만나자는 문자를 보냈지만 지레는 오늘은 곤란하다고 했다. 학원 보충이 한밤중이 되어야 끝난다고 했다. 어쩔 수 없이 반지는 내일 줄 수밖에 없는 상황이었다.

아침에 일어나 가방 안을 확인하다 놀랐다. 반지가 없어졌다. 어젯밤 가방 안에 넣어두었는데 감쪽같이 사라졌다. 반지는 어디에도 없었다.

'물건도 돈처럼 그날이 지나면 사라지는 건가?'

죽은 자의 오늘과 내일은 연결되지 않는다고 했다. 돈이 그렇다면 물건 또한 그럴 거다.

"뭘 그렇게 애타게 찾냐?"

자고 있는 줄 알았던 재후가 침대에 앉아 물끄러미 바라보고 있었다. 나는 대꾸하지 않았다.

"할 말이 있는데 말이다. 성우, 너 왜 자꾸 내 문자 지우냐?"

쿵! 심장이 떨어지는 소리가 들렸다. 알고 있었구나. 어떻게 알았을까. 나는 완전 범죄라고 자신하고 있었는데. 대답할 말을 찾지 못해 머뭇거리는데

"하지만 성우 네가 어떤 마음에서 문자를 지웠는지는 알 거 같아. 고맙다, 네 마음."

재후가 한마디 더 했다. 뜬금없이 고맙다는 말은 뭐지? 비꼬는 건가?

재후가 내 어깨를 툭툭 치며 방에서 나갔다.

"아이씨, 쪽팔려."

절대 들켜서는 안 되는 마음을 한순간 들킨 기분은 말로 표현할 수 없을 정도였다. 매일 관심 없는 척 묻는 말에 대답도 잘 안 하면서 정작 휴대폰을 몰래 확인하고 문자를 보고 지우고……. 진심 쪽팔렸다.

'그나저나 언제부터 알고 있었던 거지? 어젯밤? 맞아, 어젯밤일 거야. 그 전에 알았다면 비밀 패턴을 바꿨을 테니까.'

재후가 나가고 나서 한참 후에 집에서 나왔다.

영조가 결석을 했다. 지레는 지각 직전에 교실로 들어왔다. 영조가 결석을 하는 것도 처음이었고 지레가 지각 직전에 오는 것도 처음이었다. 재후는 수업을 시작하기 전부터 책상에 엎드려 있었다. 재후의 그런 모습도 처음이었다.

첫째 시간은 영어였다. 영어 선생님은 한 시간 내내 실실거리고 웃었다. 매일 죽을상을 하고 있던 사람이 책을 읽으면서도, 말을 하면서도 실실 웃으니까 무섭기까지 했다.

'혹시 정신이 확 돈 건가?'

생각해보니 그럴 수도 있을 거 같았다. 제정신으로 살기 어려운 상황일 수도 있다는 말이다. 영어 선생님은 처음에 문자에서 그런 말을 했었다. 지금도 어려움은 현재진행형이라고. 다이어리 주인에게 돈을 빌릴 수밖에 없었던 옛날이나 지금이나 경제적 상황은 별반 달라지지 않았다는 말이었다. 빚을 갚기를 간절히 원했으나, 현실이 따라주지 않을 수도 있다. 하루에 수십만 원씩 나가다 보면 버겁고 힘들 수도 있다. 힘들면 어느 순간 정신줄을 놓을 수도 있다는 생각이 들었다.

수업이 끝나기 무섭게 입금했다는 문자가 왔다. 오늘 영어 시간 내내 실실 웃어대던 영어 선생님 얼굴이 떠올랐다. 마음이 무거웠다. 하지만 마음이 무겁다고 해서 돈을 그만 보내라는 말은 할 수 없었다. 나에게는 목표가 있으니까.

나는 가까운 보석 가게에서 반지를 산 뒤 지레에게 만나자는 문자를 보냈다. 지레는 분식집 앞에서 보자고 했다.

―순대에 대해 생각 좀 해봐.

지레가 뜻을 알지 못할 문자를 보냈다. 순대에 대해 뭘 생각

하라는 말인지. 나는 순대만 떠올리면 머릿속이 캄캄해지고
그 캄캄함을 비집고 영조 얼굴만 떠오를 뿐이다.

영조는 가게에 있었다. 영조 얼굴이 핼쑥했다.

"내가 결석해서 온 거야? 궁금해서?"

영조가 물었다.

"맞아. 왜 결석했는지 궁금하지, 당연히. 그런데 아빠는? 저
번에 왔었는데 여기서 일하시는 할머니가 니네 아빠가 입원했
다고 그러시더라고."

지레가 자리를 잡고 앉으며 물었다.

"많이 좋아지셨어."

영조가 말하는 그때였다. 가게 문이 열리며 등이 구부정한
아저씨가 들어왔다. 아저씨는 뭔가 빵빵하게 들어 있는 커다
란 비닐봉지를 들고 있었다. 왜소한 체격에 비해 비닐봉지가
너무 컸다. 아저씨는 비닐봉지의 무게에 중심을 잡지 못하고
뒤뚱거렸다. 구부정한 아저씨가 어쩐지 낯설지 않았다.

"아빠."

영조가 달려가 비닐봉지를 받아들었다. 아빠라는 말에 지레
와 나는 얼굴을 마주 봤다. 지레가 발딱 일어나 꾸벅 인사했다.

"안녕하세요."

지레가 말하는 순간 나도 덩달아 허리를 숙였다.

"으응, 그래."

영조 아빠는 거친 숨을 몰아쉬며 고개를 두어 번 끄덕이고

주방으로 들어갔다.

"여기 니네 가게야?"

나와 지레는 약속이나 한 듯 동시에 물었다.

"응. 우리 가게야. 잠깐만."

영조가 영조 아빠를 따라 주방으로 뛰어 들어갔다.

영조는 알바가 아니었다. 나는 왜 영조를 알바라고 철썩같이 믿고 있었을까. 영조가 나에게 알바라고 말한 적이 있었나? 기억을 더듬어도 그런 말을 들은 적은 없는 것 같았다. 영조가 알바라는 건 내 짐작이었고 짐작은 어느 순간 사실처럼 되어 있었다.

"여기 되게 유명한 집이었는데 영조 아빠가 그 순대와 어묵의 장인이었네."

지레는 이 가게의 순대와 어묵이 얼마나 유명했는지 얘기했다. 또 방송마다 맛집 취재 요청이 수없이 왔지만 방송을 하게 되면 초심을 잃을 수 있다며 가게 주인이 한사코 방송을 사양했다는 말도 했다. 그래서 전국적으로 단골도 많았다고 한다.

"돈도 무지하게 벌었다는 소문이 있어."

지레의 말을 듣는데 얼굴이 뜨거워졌다. 영조에게 순대 냄새니 어묵 냄새니 어쩌고저쩌고 말했었다. 영조에게 그것보다 더 강력한 펀치는 없을 거라고 믿었었다. 나는 영조가 가난한 줄 알았고 그래서 분식집에서 알바를 하는 줄 알았다.

'미쳤어, 진짜.'

나는 내가 얼마나 말도 안 되는 펀치를 날렸는지 깨달았다. 영조가 유명한 맛집의 딸이라는 걸 알게 되어서만은 아니었다. 영조가 가난하지 않다는 걸 알게 되어서만은 아니었다. 재후 앞에서 느꼈던 열등감을 나는 나도 모르게 영조에게 날렸던 거다.

"내게도 여기 순대와 어떤 기억이 있어."

지레가 말했다.

"그럼 나도 여기 순대와 무슨 연관이 있는 거니?"

나는 지레에게 물었다.

"음……. 그럴 수도 있고 아닐 수도 있어."

지레가 애매하게 대답했다. 그때 영조가 주방에서 나왔다.

"오늘부터 내가 우리 아빠의 특급 비밀을 전수받기로 했거든. 아침에 아빠가 갑자기 시장을 봐야겠다고 하는 바람에 말리느라고 학교에 못 갔어. 시장을 보고 순대와 어묵을 만들 정도로 건강하지는 않거든."

"네가 맛을 전수받는다고?"

지레가 물었다.

"아빠가 그걸 원해서. 나는 음식을 만드는 데는 별 관심이 없거든. 솜씨도 없고. 하지만 아빠가 간절히 원하시니까 마음을 바꿨어. 전수받기로. 그런데 미안해서 어쩌냐? 아빠가 오늘은 그만 문 닫으래. 이론 공부를 해야 한다고. 몸이 별로 안좋으셔서 그런지 마음이 조급한가 봐. 얼른 나에게 다 전수시

키고 싶어 하시는 거 같아."

영조 얼굴이 어두웠다. 지레와 나는 분식집에서 나왔다.

나는 길에서 지레에게 반지를 주었다.

"또? 반지는 이미 받았는데?"

"반지 선물은 꼭 하나만 해야 한다는 법은 없잖아. 내일 보자."

나는 돌아서 뒤 한 번 돌아보지 않고 걸었다. 내가 원하던 대로 돈이 생기고 재후처럼 반지를 사서 지레에게 선물을 하고 있다. 그런데 이 기분은 뭔지 모르겠다. 원하는 대로 되고 있는데도 허전했다. 여전히 문밖에서 안에 들어가지 못하고 서성거리는 그런 기분이었다.

아직 어두워지지 않았는데 달이 뜨고 있었다. 하얀 달을 바라보는데 생각 하나가 뒤통수를 치고 지나갔다.

"영조 아빠……. 그 남자야."

낯익은 모습이라고 생각했었는데 영조 아빠는 구미호 카페에서 만났던 그 남자였다. 주걱을 샀던 그 남자 말이다.

'영조 아빠는 뭘 간절하게 원해서 구미호 카페에 간 걸까?'

어쩌면 순대와 어묵 맛을 영조에게 전수시켜주는 것이 영조 아빠가 간절히 원하는 것일 수도 있다는 생각이 들었다.

재후는 집에 없었고 엄마는 재후가 전화도 받지 않는다며 방방 뛰고 있었다. 재후가 구미호 카페에 갔을 수도 있다는 생각이 들었다. 재후는 밤이 늦도록 돌아오지 않았다. 오늘따라 달빛은 노란빛이 도드라졌다. 달빛이 참 따뜻하다는 생각이 들었다.

환한 달빛을 받으며 그 사람이 설문조사를 하고 있었다. 내게 설문조사를 부탁했던 바로 그 사람이었다. 누군가가 그 사람 앞에서 열심히 설문조사에 응하고 있었다. 그 사람의 뒷모습이 낯익었다. 조금 더 다가갔다. 재후였다. 나는 재후 등짝을 쳤다. 재후야, 부르면서. 재후가 돌아봤다. 재후 얼굴을 보는 순간 나는 외마디 비명을 지르며 그 자리에 주저앉았다. 재후가 아니라 이모였다. 몸은 재후인데 얼굴은 이모였다. 너무도 무시무시한 장면에 아랫도리가 저릿저릿했다. 나는 뒷걸음쳤다. 아, 꿈이었으면 좋겠다, 꿈이라면 얼른 깼으면 좋겠다.

쾅!

눈을 번쩍 떴다. 꿈이었다. 창밖으로 번갯불이 번쩍이고 좍좍 거센 빗소리가 들렸다. 나는 머리맡을 더듬어 휴대폰을 찾아 들었다. 두 시였다. 재후는 없었다.

'아직 안 들어온 거야?'

나는 방에서 나왔다. 거실은 캄캄했다. 화장실에도 재후는 없었다. 안방 문에 귀를 대봤다. 나지막이 엄마 코 고는 소리가 들렸다. 재후가 돌아오지 않았다면 이런 평화로운 풍경은 아닐 거다. 재후는 돌아왔다가 다시 나간 게 확실했다. 재후가 들어왔다 나간 증거도 있었다. 가방이 재후 침대에 덩그러니 놓여 있었다.

'비가 이렇게 쏟아지는데 대체 어딜 간 거지? 잠들기 전까지는 달이 둥실 떠 있더니 언제부터 비가 내리기 시작한 거야?'

빗줄기는 더 거세졌고 천둥 번개도 더 심해졌다. 나는 망설이다 재후에게 전화를 했다. 재후 가방에서 휴대폰 진동음이 들렸다. 좀 전에 꾸었던 악몽이 떠올랐다. 예지몽 같다는 불길함을 떨쳐낼 수 없었다. 세 시가 다 되어갔다. 엄마를 깨울까 말까 망설일 때 재후가 비를 흠뻑 맞고 돌아왔다.

"진짜 속 더럽게 썩이네. 언제 나갔던 거냐?"

나는 화를 냈다.

"세상 모르고 자고 있더니 언제 깼냐?"

재후는 한 마디 던지듯 말하더니 욕실로 향했다.

"너, 다행인 줄 알아라. 엄마를 딱 깨우려는 순간에 들어왔거든. 나는 네 걱정을 하지도 않고 또 너에 대해 궁금하지도 않아. 하지만 앞으로는 이런 식으로 밤에 나갈 때 나한테 말을 하고 가. 그래야 엄마를 깨우지 않지. 알았냐?"

"할머니 집에 갔었다."

재후는 또 던지듯 말했다.

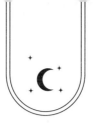

재후는 어떤 시간을 받았을까?

18일 중에 12일이 지났다. 그동안 지레와 나 사이에 크게 달라진 건 없었다. 늘 그 자리였다. 나는 반지를 선물했고 지레는 반지를 받았다. 반지를 선물하면서도 나는 여전히 찜찜했고 뭔가 허전했다. 그리고 지레도 반지를 받으면서 기뻐하거나 감동받는 표정은 아니었다. 정체를 알 수 없는 거대한 유리벽이 나와 지레 사이에 있는 것 같았다.

영조에게는 아직 정식으로 사과하지 못했다. 그래서 영조와 눈이 마주칠 때마다 제대로 영조 눈을 볼 수가 없었다. 정식으로 사과를 하고 싶었지만 나는 차일피일 미뤘다. 미안하다고, 내가 오해를 했었다고 말하면 되는데 그 말이 어려웠다. 다행히 영조는 바빠 보였다. 바빠서 나와의 일을 잊고 있는 듯했다. 아마 순대와 어묵의 비법을 전수받느라 바쁠 거라고 짐작했다.

재후는 한밤중에 또 한 번 할머니 집에 다녀왔다. 나는 엄마를 깨우지 않고 재후를 기다렸고 재후는 돌아왔다. 나는 재후의 행동이 구미호 카페와 관련된 거라고 믿었고 그렇다면 걱정할 것도 없고 관여해서도 안 된다는 결론을 내렸다.

13일째 되는 날 지레가 물었다.

"며칠 남았니?"

나는 지레가 뭘 묻는지 단박에 알 수 있었다. 특이사항의 날짜가 며칠 남았느냐고 묻는 거다.

"5······일."

"5일 동안에도 계속 반지만 사줄 거야?"

지레가 입술을 잘근잘근 씹으며 물었다.

"다른 거 갖고 싶은 거 있어?"

나는 반가웠다. 지레가 원하는 걸 사주면 그것보다 더 좋은 건 없을 듯했다.

"그게 아니고. 메가 백화점, 눈 내리는 날, 순대는 아직 생각 안 났어?"

지레가 얼굴을 찡그리며 물었다.

"아직."

나는 고개를 저었다.

"그걸 꼭 기억해야 하는 거야?"

나는 지레에게 물었다.

"응. 엄청 중요한 거야."

지레는 한숨까지 쉬었다.

"그리고 오성우. 나, 이제 반지 안 받고 싶어. 앞으로는 사지 마."

지레가 얼굴을 찡그리며 말했다. 순간 잠시 멍해졌다. 반지를 사지 않으면 매일 입금되는 돈은 어디에 쓰지? 오직 반지에만 매달렸는데 다른 데 쓸 데가 있나? 주말반에 진짜 등록이라도 해야 하나? 그건 무의미한 짓이다. 반지를 사지 않으면 쓸 곳이 없었다. 나는 반지에만 꽂혀 있었다.

"내가 주는 반지를 받고 싶지 않다면서 그 반지는 잘 끼고 다니네? 그 반지가 좋은가 보다? 친구가 선물했다는 그 반지 말이야."

나는 재후가 사준 반지를 가리켰다. 지레는 잠시 나를 쏘아보더니 재후가 준 반지를 빼버렸다. 그러더니 내 손을 당겨 손바닥 위에 반지를 올려놨다.

"너 가져."

지레 목소리가 떨렸다.

"내가 언제 갖고 싶다고 했어?"

나는 당황했다.

"갖고 싶지는 않겠지. 하지만 이 반지에 관심이 꽤 많은 건 사실이잖아? 그러니까 너 가지라고. 나는 이 반지고 저 반지고 반지에는 관심 없거든."

지레는 화가 난 듯했다. 달달 떨리는 목소리로 얼마나 화가 났는지 짐작할 수 있었다. 나는 머쓱해졌다. 반지를 지레 점퍼 주머니에 넣어주었다.

"왜, 가지라니까."

지레가 소리쳤다.

"나는 이 반지에 관심 없어. 그리고 네가 원하지 않는다면 앞으로는 반지 선물 안 해."

어색한 공기가 나와 지레 사이에 흘렀다. 그렇다고 해서 그만 집에 가자고 말할 수도 없는 애매한 분위기였다. 지금 집에 가자고 했다가는 어쩌면 영영 지레와 틀어질지도 모른다는 생각도 들었다.

"순대나 먹으러 가자. 영조가 수제 순대 비법을 잘 전수받고 있는지 가보자."

지레가 잠시 숨을 가다듬더니 말했다. 나는 앞서가는 지레를 말없이 따라갔다.

영조는 보이지 않고 영조 아빠만 탁자 앞에 앉아 있었다. 퀭하니 들어간 두 눈, 눈 밑으로 짙게 깔린 다크서클, 움푹 패인 볼, 거칠고 가무잡잡한 피부, 그리고 숱이 거의 없는 머리. 한눈에 봐도 병색이 짙었다.

"우리 영조 친구들이구나. 영조는 시장에 심부름 갔거든."

영조 아빠 목소리에서는 거친 쇳소리가 났다.

"이제 기성품을 쓰지 않고 장인이 만든 수제 순대와 어묵을 다시 판다고 소문이 나면 예전처럼 손님이 많이 찾아올 거예요."

지레가 파리만 앵앵 날리는 가게 안을 둘러보며 말했다.

"그러게, 그랬으면 좋겠다. 우리 영조에게도 맛을 내는 나만의 비법을 물려주고 있으니까 앞으로도 자주 와라. 우리 영조가 꼭 해내야 할 텐데 말이다. 시간이 별로 없는데…… 아참, 너희들에게 부탁이 하나 있는데 말이다. 영조랑 친한 거 같아서 하는 부탁이야, 크으음."

영조 아빠는 목에 걸린 가래를 걷어내려는 듯 몇 번이나 헛기침을 했다. 헛기침을 하면 할수록 목은 더 잠겼다. 나는 영조 아빠가 마음 편히 목을 가다듬을 수 있도록 영조 아빠에게서 시선을 돌렸다. 시간이 별로 없다는 영조 아빠의 말이 무슨 뜻인지 알 수 있었다. 특이사항의 날짜를 말하는 걸 거다. 나는 영조 아빠가 간절히 원하는 게 뭔지 대충 짐작이 갔다. 한때는 전국적으로 유명했던 맛집의 명성을 이어나가는 것, 그 맛의 비법을 영조에게 전수하는 것, 그걸 거다.

탁자 위에 공책이 놓여 있었다.

비법 노트

공책 겉장에는 이렇게 쓰여 있었다.

"허허허, 비법이라니 우습지?"

영조 아빠가 공책을 바라보며 웃었다. 가래가 말끔히 걷힌 목소리였다.

"음식이라는 것은 시간과 정성 그리고 더 좋은 맛을 연구하는 노력, 재료를 아끼지 않는 마음이 있으면 맛있게 만들 수 있는 건데 그걸 비법이라고 하니 우습구나. 영조한테 가르쳐준다고 가르쳐주고 있는데 우리 영조가 음식 만드는 데는 크게 소질이 없는 거 같아. 허허허허허. 그래도 자꾸 하다 보면 음식을 만드는 데는 소질보다 더 중요한 게 있다는 것을 영조가 알게 되겠지."

영조 아빠가 공책을 쓰다듬었다.

"아참, 내가 부탁하고 싶은 것은 말이다. 다음 주 월요일이 우리 영조 생일이거든. 그날도 우리 가게로 와줄 수 있니? 단한 번도 영조 생일 파티를 해준 적이 없는데 친한 친구들도 있고 하니까 이번에는 그 생일 파티라는 걸 한번 해주고 싶어서 말이다. 엊그제 영조에게 원하는 게 뭔지 물어보니 생일 파티를 해보는 거라고 하더구나. 다 큰 줄 알았는데 아직은 아이야. 허허허. 영조가 꼭 생일 파티를 하고 싶다고 하니 해주고 싶다. 그날은 내가 실력을 최대한 발휘해서 세상에서 제일 맛있는, 어디에서도 맛볼 수 없는 순대를 만들어주도록 하마. 학교 마치면 바로 와줄 수 있지?"

나와 지레는 고개를 끄덕였다.

"고맙다. 순대 줄 테니 먹고 가라."

영조 아빠는 힘겹게 일어나 주방으로 갔다. 순대를 다 먹도록 영조는 돌아오지 않았다. 영조 아빠는 나와 지레 옆에 앉아 왜 이 순대를 사람들이 좋아하는지, 이 순대에 얼마나 많은 정성이 들어갔으며 얼마나 많은 재료가 아낌없이 들어갔는지 쉬지 않고 말했다. 순대 얘기를 할 때 영조 아빠 얼굴은 밝았다. 짙게 내려진 그늘이 사라지고 한없이 밝았다.

순대를 다 먹고 나서도 영조를 한참 기다리다 가게에서 나왔다.

"구미호 카페 말이야."

골목을 빠져나오며 지레가 말했다.

"지레야."

나는 지레 말을 잘랐다.

"그 안에서 있었던 일은 말하지 않기. 아는 척하지 않기."

특이사항의 날짜는 아직 남아 있다. 지레는 더 이상 아무 말도 하지 않았다.

지레와 곧장 헤어졌다.

재후는 집에 없었다. 밤이 깊어도 재후는 돌아오지 않았다.

"재후 할머니한테 전화를 해봐야 하나? 아니지, 그러다 네 이모가 왜 거기에 전화를 했느냐고 난리 칠 수도 있지. 아, 정말 어떻게 해야 하지? 이래서 남의 자식을 함부로 봐주는 게 아니야. 정말 신경 쓰여서 살 수가 없네. 1년이든 2년이든 연장하지 말고 곧바로 돌아오라고 사정해야지 이렇게 해서 어떻게 살아?"

엄마는 저녁 먹은 게 도로 올라와 명치에 걸린 것 같다고 했다.

"연장된 거야? 확정이야?"

"거의 100퍼센트 확정이란다."

나도 먹은 게 도로 올라와 명치에 걸리는 듯한 느낌이었다. 설마 했었다. '1년도 긴 시간인데 설마 또?'라고 생각했었다. 하나밖에 없는 아들을 두고 그러지는 않을 거라는 막연한 희망도 있었다.

"재후가 이모 친아들 맞긴 해?"

"이모부 회사 일이 그렇게 된 거야. 그리고 외국에 있으면 연봉도 훨씬 높으니까 이런 거 저런 거 다 따져보고 연장 신청을 했다고 하더라."

돈이 그렇게 많으면서 높은 연봉 때문에 연장을 신청했다는 말은 솔직히 설득력이 떨어졌다.

"이참에 재후를 데려가라고 할까? 내년이면 고등학교에 가는데 내가 고등학생 두 명을 어떻게 뒷바라지하느냐고. 재후가 원하는 대학교에 못 들어가면 죄다 내 탓이 되는 거잖아. 거기에다 이런 식으로 시시때때로 속도 썩이는데. 이모가 데리고 가게 하려면 딱 한 가지 방법이 있지. 재후가 할머니 집에 가는 걸 밝히면 돼. 물론 부작용은 따르겠지. 나와 아예 인연을 끊고 할 수도 있어. 내가 애를 제대로 못 봐서 할머니 집에 간 거라고 뒤집어씌울 테니까. 아휴. 그 원망과 욕을 다 얻어먹으면 천 살까지는 너끈히 살 수 있을 거다. 무섭다, 무서워. 앞이 하나도 안 보이는 동굴 속에 갇힌 거 같은 기분이네. 욕을 먹지 않고 재후 할머니 얘기를 꺼내는 좋은 방법이 없을까? 잘 생각해보면 묘안이 있을 것도 같은데."

엄마에게 이제는 이모와의 거래 따위는 중요하지 않은 듯했다. 비싼 수입차도 돈도 중요하지 않은 듯했다. 엄마가 재후 때문에 얼마나 속을 썩고 있는지 알 수 있었다.

"엄마는 재후가 진짜 할머니 집에 가는 거라고 생각해?"

"이건 또 무슨 소리야? 성우 너 뭐 아는 거 있어?"

그저 던진 말을 엄마가 덥석 물었다.

"아는 게 어디 있겠어? 그냥 물어본 거지."

진짜 할머니 집에 가는 것일 수도 있다. 구미호 카페에서 재후가 어떤 시간을 받았는지 모르지만 할머니와 연관된 것일 수 있다. 나는 재후가 구미호 카페로 가는 언덕길을 올라가는 걸 봤다. 재후가 구미호 카페와 관련이 있는 것은 100퍼센트 확실하다.

재후는 열두 시가 좀 넘어서 돌아왔다.

"오늘은 그냥 넘어갈 수가 없다. 엄마가 없는 지금은 이모가 네 엄마나 마찬가지야. 좀 앉아봐."

엄마는 작정을 한 듯 재후를 소파에 앉혔다.

"이모, 저 피곤한데요."

"너만 피곤해? 나도 피곤해. 집에는 안 들어오고 전화도 안 받고. 니네 엄마한테 알리지는 못하겠고, 아무것도 할 수 없는 상태에서 무작정 기다리는 게 얼마나 피곤하고 힘든 건 줄 알아? 대체 어디 다녀온 거니? 할머니 집? 그래, 할머니 집에는 왜 그렇게 자주 가는지 설명해봐. 엄마가 있을 때는 할머니 집에 안 갔었잖아. 완전히 인연 끊고 살았는데 왜 하필이면 지금 니네 엄마가 없는 이 상황에 거길 자꾸 가느냐고? 너 나 엿 먹이기로 작정한 거야?"

재후가 흠칫 놀랐다. 엿을 먹이다니! 저건 중학생 조카에게 따지듯 내뱉기에는 한없이 격이 떨어지는 말이다.

"아, 아니에요. 제가 왜 이모한테 엿을 먹여요?"

재후가 팔짝 뛰었다.

"그럼 말해봐. 갑자기 왜 할머니 집에 가는데? 심하다 싶을 정도로 자주 가는 이유가 뭐야? 내가 뭘 알아야 니네 엄마가 나중에 알게 되더라도 할 말이 있을 거 아니니? 네가 할머니한테 먼저 전화한 거야? 아니지, 니네 엄마가 너한테 할머니 전화번호를 알려주었을 리 없지. 할머니가 너한테 먼저 연락을 한 거지?"

엄마는 따지듯 말했다.

"누가 먼저 전화한 게 뭐가 중요해요?"

"왜 중요하지 않니? 네가 이모 입장이라고 생각해봐. 니네 엄마가 이 일을 알게 되었을 때 누가 먼저 연락했느냐가 얼마나 중요한 문제가 되는 줄 알아? 할머니가 먼저 전화한 거 맞지?"

어째 재후 할머니가 먼저 전화한 것으로 밀고 가는 뉘앙스였다.

"왜, 할머니가 재산을 상속해준다고 하던? 그래서 어쩔 수 없이 만난 거야?"

나는 엄마의 의도를 파악할 수 있었다. 재후가 재후 할머니 집에 찾아갔던 일이 문제가 되었을 때 둘러댈 수 있는 가장 타당하고 그럴듯한 이유. 저런 이유라면 이모 원망을 좀 덜 받을 수 있을 거라고 생각한 거다.

"할머니가 손자한테 재산을 주겠다고 불렀는데 어떻게 하겠어? 그리고 아무리 중학생이지만 세상을 살아가는 데 돈이 얼마나 큰 역할을 하는지 그걸 모르겠어? 재후도 생각이 있어서 간 건데 어쩌겠니? 재산을 미끼로 아이를 부른 노인이 잘못한 거지. 아니다, 할머니 입장에서는 손자한테 재산을 물려주고 싶은 게 인지상정 아니겠니?"

이게 바로 엄마가 그리고 있는 큰 그림이다.

"할머니가 재산을 상속해준다고 해서 만난 거지?"

엄마가 다시 물었다.

"예."

재후가 대답했다.

"예. 맞아요."

재후가 다시 한번 말했다.

"그래도 이제는 그만 갔으면 좋겠다. 내가 아주 곤란해. 이모가 분명히 말했다. 가지 마. 재산 상속에 대한 거는 나중에 어른들끼리 의논할 문제야."

엄마는 한결 여유로운 표정이 되었다. 재후가 상속을 하겠다는 할머니한테 쪼르르 달려가는 일이 발생했지만 엄마는 분명히 제지했다는 안도감일 거다. 이제 엄마가 이모에게 사실을 밝히는 건 시간문제다. 그건 내가 바라는 바이기도 하다. 재후와 재후 할머니가 오가며 지낸다는 소식을 이모가 듣게 된다면 이모는 연장하는 걸 포기하고 취소할 거다. 이미 회사에서 결정 나서 취소가 안 된다면 이모 혼자라도 돌아올 거다. 그만큼 이모는 재후 할머니를 싫어했다.

"재후 말이 사실은 아니겠지? 엄마가 그런 식으로 물어보니까 옳다, 이러고 맞장구친 거겠지."

당연히 그럴 거라고 생각이 되었지만 생각해보니 그럴 가능성도 아주 없지는 않았다. 재후 할머니 입장이라면 충분히 그럴 수 있다. 재산을 모르는 남에게 주느니 손자에게 주고 싶은 마음이야 이 세상 모든 할머니들의 마음 아닐까. 재후! 가만히 있어도 돈이 저절로 들어오는 스타일이군.

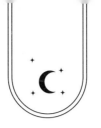

괜찮아?

토요일이라 그런지 입금이 빨리 되었다. 나는 돈을 찾아 들고 한참 동안 그 자리에 서 있었다. 이제 반지를 살 필요는 없었다. 운동도 등록만 해놓고 가지 않는 상태다. 앞으로도 갈 일은 없을 듯했다. 어디에 쓸까, 뭘 살까? 한참을 생각하다 백화점으로 갔다. 그리고 반지를 샀다. 집으로 돌아와 하루 종일 반지를 노려봤다. 오늘 밤 열두 시가 지나면 사라질 반지였다.

밤 열두 시가 지나자마자 반지는 감쪽같이 사라졌다. 눈앞에서 사라지는 걸 직접 보고도 믿어지지 않았다.

겁이 났다. 나와 지레 사이도 이 사라진 반지처럼 되는 건 아닌가? 말도 못 붙이고 제대로 바라보지도 못했던 그때로 한순간 돌아가는 건 아닌가? 그 생각만으로도 충격이었다. 그러면 안 되는데. 절대 안 되는데. 하지만 안 된다고 해도 내가 지금 할 수 있는 게 뭔지 떠오르지 않았다.

'머리가 회전을 멈춘 거 같아. 돈! 반지! 이외에는 도무지 다른 생각이 나지 않아.'

바라보기만 하던 지레와 같이 다닐 수 있는 상황이 되었으니 지레와 나 사이를 좀 더 발전시킬 뭔가가 있을 텐데 떠오르지 않았다.

나는 머리 양쪽을 두 손으로 잡고 흔들다 잠이 든 재후를 바라봤다.

'재후는 어떨까? 괜찮은 걸까?'

문득 든 생각이었다. 재후도 죽은 사람들의 물건을 사고 그 사람의 시간을 얻었을 거다. 재후는 원하는 대로 일이 잘 진행되고 있을까. 지레도 계속 이상하다는 말을 했고 나 또한 내가 원하는 대로 일이 흘러가고 있지 않다.

"뭘 보냐?"

자고 있는 줄 알았던 재후가 눈을 번쩍 떴다. 나는 재빨리 눈을 돌렸다.

"왜 뚫어지게 쳐다보고 있었느냐고? 눈을 감고 있어도 네 눈빛이 얼마나 강렬한지 얼굴이 타들어가는 느낌이었다니까. 하고 싶은 말 있으면 해라."

재후가 일어나 앉았다.

"없어."

"에이, 할 말 있잖아? 있는 거 다 알아."

"알긴 뭘 다 알아?"

퉁명스럽게 쏘아붙이는데 긴장이 되었다. 혹시 재후가 구미호 카페에서 나를 본 건가? 구미호 카페 마당에서 서성거리다 안으로 들어가지 못하고 돌아왔던 그날, 안에 있던 재후가 나를 본 건가? 그럴 수도 있겠다.

"말해."

재후 목소리가 부드러웠다. 나는 재후를 바라봤다. 눈빛 역시 부드러웠다. 구미호 카페에서 재후가 나를 봤다는 강한 확신이 들었다.

"너는 괜찮냐?"

"뭐가? 우리 엄마가 보낸 문자 네가 지운 거? 그거 내가 다 이해한다고 했잖아. 네 마음을 안다니까."

"그게 아니고……."

재후가 일부러 모른 체하는 거 같았다.

"아하, 그거? 괜찮지, 그럼. 내가 나이가 몇 살인데 엄마가 오지 않는다고 징징거리며 어리광을 피우겠냐? 솔직히 내 사정을 알고 나면 나를 부러워하는 아이들 많을걸? 일찍 엄마 품에서 벗어나 독립했다고 말이야. 괜찮아."

"그래. 다행이다."

나는 더 이상 말하지 않았다. 재후도 구미호 카페의 룰을 알고 있을 테고 그러면 사실대로 말하기 힘들 거다.

"자자."

나는 벌러덩 누워 이불을 뒤집어썼다.

"성우야."

잠시 후 재후가 불렀다.

"너는, 너는 괜찮아?"

나는 이불을 젖히고 일어났다. 재후 얼굴빛이 진지했다.

"나?"

나는 되물었다.

"응, 너."

뭐라고 말해야 되나 망설여졌다. 재후도 구미호 카페의 룰을 지키는 마당에 나 혼자 진실을 말할 수는 없다.

"괜찮지 그럼. 아주 괜찮아."

"진짜?"

재후가 눈을 동그랗게 떴다. 내가 괜찮다는 말에 저런 반응을 보인다는 것은 재후 역시 괜찮지 않다는 뜻일 거다.

"다행이다. 걱정 많이 했는데. 이제 자자. 불 끈다."

재후가 벌떡 일어나 불을 껐다. 순식간에 내린 어둠은 칠흑 같았다. 잠시 후 창문을 타고 들어온 달빛이 방 안을 밝혔다.

"자나?"

잠이 들려는 찰나 재후가 물었다.

"잠들었으면 그냥 자고."

살포시 들던 잠을 깨워놓고 잠들었으면 자란다. 기가 막혀서 진짜. 나는 할 말이 있으려면 하라는 뜻으로 몸을 뒤척였다.

"내가 원하는 대로 하고 싶다. 한 번쯤 그러는 건 괜찮겠지?"

애가 말을 하려면 좀 알아듣게 하든가 앞뒤 말 다 잘라먹고 저런 식으로 말하면 알아들을 사람이 누가 있담. 하여간 마음에 느는 구석이라고는 찾아보려야 찾아볼 수 없는 놈 같으니라고. 그렇다고 해서 무슨 말인지 자세히 말해보라고 말하기는 싫고. 또 그렇다고 해서 모른 척 지나가려니 궁금하기도 하고.

"그러든가. 그게 뭔지 모르지만……."

이런 식으로 말하면 원하는 게 뭔지 말해줄 수 있다는 생각이 들었다.

"솔직히 엄마 아빠가 나만 두고 외국으로 갔을 때 나는 넓고 넓은 무인도에 혼자 떨어진 기분이었거든. 엄마 아빠를 따라서 같이 가고 싶었어."

전혀 상상하지 못했던 고백이었다. 나는 단 한 번도 재후가 이모를 따라가고 싶었을 거라는 생각을 해본 적이 없었다.

"그런데 말 못 했어. 그렇지 않아도 공부를 못하는데 외국으로 가면 성적이 더 떨어질 거라고 엄마가 머리에 띠 두르고 같이 가는 걸 반대했거든. 엄마는 말하지 않았지만 나는 아주 오래전부터 알고 있었어. 엄마는 나를 부끄러워하고 있다는 걸. 엄마 친구들과 통화를 하다가도 성적 이야기만 나오면 전화를 끊어버렸고 내 성적을 알고 있는 고등학교 동창과는 아예 절교했어. 짐을 싸들고 이곳에 오던 날, 죽고 싶었어. 진심으로."

재후가 죽고 싶었다는 말을 하는데 등줄기를 타고 소름이 돋았다. 저 말은 재후 같은 아이에게서는 절대 나오지 않을 말인 줄 알았었다. 그깟 성적쯤이야, 대수롭지 않게 생각하며 쿨하게 인정하는 재후인 줄 알았다. 성적 외에는 다 가진 재후였기 때문에 한 가지 가지지 못한 것에 대해서는 크게 신경 쓰지 않을 줄 알았다. 재후가 평소에 하는 말이나 행동을 보면 말이다.

"이곳에서 살게 된 날, 이 방을 보며 걱정했거든. 네가 좁아서 어떻게 둘이 같이 지내느냐고 성질을 부리면 어떻게 하나, 불만을 터뜨리면 그땐 어떻게 하지? 어디로 가야 하나, 이러고 말이야."

가슴이 뜨끔했다. 나는 대놓고 그런 말을 하지는 않지만 수시로 내 마음을 표출했다. 그리고 재후도 그걸 알고 있을 거라고 믿었다. 하지만 모든 면에서 자신만만한 재후라서 그깟 것쯤 콧방귀 뀌며 넘기는 줄 알았었다.

"그런데 괜찮다니 고맙다. 그만 자자."

재후가 돌아눕는 듯했다.

그만 자자고 했지만 나는 잠이 오지 않았다. 재후도 마찬가지였다. 밤새 재후와 나는 한숨도 못 자고 뒤척였다.

재후가 간절히 원하는 것은 뭘까? 이모와 이모부가 빨리 돌아오는 것? 아니면 이모와 이모부의 빈자리를 채워줄 다른 뭔가를 원할 수도 있다. 만약 그렇다면 지레가 아닐까 하는 생각이 들었다. 나는 재후가 할머니 집에 가는 것도 이해가 되었다. 상속 때문은 아닐 거다. 재후는 외로움을 타고 있었다. 늦가을 빈 가지 위에서 혼자 흔들리고 있는 나뭇잎처럼. 재후의 낮은 숨소리에서 위태롭게 흔들리고 있는 나뭇잎 소리가 나는 듯했다.

'그래도 지레는 안 된다.'

창밖이 훤히 밝아올 무렵 나는 이런 생각을 했다.

날이 다 밝고 나서야 잠이 들었다가 휴대폰 문자음에 눈을 떴다. 입금했다는 문자였다. 오후 한 시였다. 재후는 보이지 않았다.

집에서 나와 돈을 찾았다. 찾든 찾지 않든 쓰지 않으면 사라질 돈이다. 물건을 사도 누군가에게 주지 않으면 사라질 물건이다. 하지만 돈을 찾지 않으면 안 될 것 같았고 뭔가를 사지 않는 것도 안 될 것 같았다. 지레는 반지를 사지 말라고 했다. 반지를 사면 안 되는 걸 알면서 뭘 사야 하나 고민하는 순간 반지만 떠올랐다. 반지 웅덩이에 빠진 느낌이었다.

-반지는 안 샀다. 점심 먹으러 갈래? 내가 쏠게.

지레는 한참 뒤에 답 문자를 보냈다.

-좋아.

나와 지레는 공원 근처 버스 정류장에서 만나기로 했다. 뭘 먹을지는 각자 생각해보기로 했다. 돈이 없어서 그렇지 돈만 있으면 폼나게 쓸 수 있다고 생각했는데 돈 쓰기가 결코 쉽지 않았다. 언젠가 인터넷 고민상담실에 올라왔던 어떤 이의 고민이 생각났다.

고민을 올린 사람은 이혼을 했다고 했다. 상대방이 바람을 피웠기 때문에 어쩔 수 없는 선택이었다고 했다. 고민을 올린 사람은 당장 경제력이 없었고 그런 이유로 이혼의 원인을 제공한 상대편에게 위자료를 청구했다. 마음 같아서는 잘 먹고 잘 살아라 이러면서 쿨하게 뒤통수 한 번 날리고 끝내고 싶은데 현실은 현실이었다고 말했다. 더더욱 심각한 것은 두 살짜리 아들이 있었고 고민을 올린 사람이 아들을 키워야 하는 입장이었던 것이다. 상대편에서는 그래도 양심이라는 것이 있었는지 순순히 위자료를 준다고 했단다. 그런데 위자료를 주는 방법이 황당했다. 카드를 주면서 하루에 150만 원씩 쓰라고 했단다. 하루에 다 쓰지 못하면 다음 날까지는 유예되지 않는다고 했다. 한 마디로 그날 쓰지 못하면 끝이라는 말이었다. 위자료를 주지 않는 것보다는 나은 것 같아서 그렇게 하기로 했단다. 뭐 하루에 150만 원씩 못 쓸 것도 없지, 쓰면 되지, 이렇게 생각했다고 한다. 하지만 그건 생각보다 어려운 일이었다. 아니 시간이 가면 갈수록 날이 가면 갈수록 그 일은 어려운 것이 아니라 거의 불가능한 일이 되어갔다. 다른 일은 하지 못하고 오직 오늘은 어디에 돈을 쓸까, 이 고민만 하게 되었다. 돈을 쓰는 일이 스트레스가 되는 기이한 현상이 일어난 거다. 그때는 그걸 보면서 나한테 그 돈을 가져다주면 폼나게 멋지게 써줄 수 있을 거라고 생각했었다.

지금 내가 그 사람과 같았다. 다른 생각을 하느라고 지레가 나타날 때까지 뭘 먹어야 좋을지 생각하지 못했다.

"나도 뭘 먹어야 할지 잘 모르겠어. 분명 수많은 음식이 있는데 왜 아무것도 생각나지 않는 거지? 내 머릿속에 존재하는 먹을거리는 딱 한 가지야. 순대."

지레가 말했다.

지레와 나는 버스 정류장 의자에 나란히 앉아 하늘을 바라봤다. 나는 뭘 사려면 반지만 떠오르고 지레는 뭘 먹자면 순대만 떠오르고 있다. 지레에게 할 말이 많은 것 같은데 정작 만나면 하고 싶은 말을 하지 못한다.

"원인은 구미호 카페야."

나는 말을 하다 얼른 입을 다물었다. 동아줄로 꽁꽁 묶어놓고 '원하는 대로 할 수 있는 기회를 줄 테니 하고 싶은 대로 하세요' 이러는 것, 이건 구미호 카페의 마법이다. 마법에 걸리지 않고는 이럴 수가 없다. 나는 돈을 원했다. 특히 재후가 지레에게 반지를 선물하던 날, 돈을 간절히 원했다. 그 간절함이 구미호 카페의 마법에 걸려든 원인이었다.

"버스 타고 가면서 음식점 간판 보고 내리자."

지레가 말했다. 나와 지레는 제일 먼저 도착한 버스를 탔다. 십 분 정도 지나자 식당이 즐비했다. 지레는 '거미 퓨전 음식'이라는 간판을 가리켰다. 거미라는 이름은 식욕을 떨어지게 하는 능력이 있었다. 배가 고픈 상태였는데 거미 퓨전 음식 간판을 보자 신기하게도 배고픈 게 사라졌다. 그래도 지레가 선택했으니 어쩔 수 없었다.

위생 상태! 말도 못하게 불량! 맛! 이렇게 맛없는 음식 처음 접함! 리뷰를 쓰라는 권유를 받는다면 욕이라도 한번 날리고 싶을 정도였다. 이런 솜씨로 음식 장사를 하겠다고 마음먹은 음식점 주인의 용기가 대단했다.

"곧 망한다에 한 표."

지레가 말했다.

"곧 망한다, 두 표."

나는 지레 말에 맞장구쳤다.

맛도 더럽게 없고 정체성까지 모호한 음식을 먹고 지레와 헤어졌다. 하늘은 한없이 맑았고 바람도 산들산들 불었다. 하지만 마음은 한없이 무거웠다.

—이제 입금하지 마세요. 나머지는 깎아 드릴게요.

나는 돈에서 탈출하기로 결정했다.

－무슨 말씀을요. 고지가 바로 저긴데, 이제 세 번만 더 입금하면 해결되는데요, 말씀은 감사하지만 괜찮습니다.

영어 선생님이 보낸 문자를 보며 헛웃음이 났다. 빚을 다 갚겠다는 의지가 강해 보여 더는 말할 수도 없었다.

－오성우 님.

잠시 후 다시 영어 선생님에게서 문자가 왔다.

－저에게 옛 시간 중 후회되는 시간을 다시 살 수 있게 해주어 고맙습니다. 다시 되돌릴 수 없는 시간에 상당히 괴로웠거든요. 우울증에도 시달렸는데 이제 싹 날아갔습니다. 채권자가 죽고 나서 그날부터 불면증에 시달렸거든요. 잠을 못 자면 사람 미칩니다. 잠만 잘 잘 수 있다면 어떤 대가라도 치르고 싶었지요. 간절히, 간절히 잠을 원했어요. 이제 불면증도 점차 호전되고 있어요. 언제 한번 감사의 표시로 맛있는 식사 대접을 하고 싶군요.

뜨끔했다. 그 오성우가 이 오성우라는 걸 눈치챈 거는 아니겠지?

저녁 무렵이 되자 비가 내리기 시작했고 재후는 비를 맞고 돌아왔다. 재후 손에 비닐봉지가 들려 있었다.

"먹어라."

재후가 비닐봉지를 내밀었다.

"뭐냐?"

"순대."

나는 비닐봉지를 받는 대신 재후를 바라봤다.

"우리 반 영조 있잖아? 너랑 친한 아이. 걔네 분식집 앞에 사람들이 줄을 서 있더라고. 장인의 손맛인 수제 순대를 한동안 안 팔았었는데 오늘부터 다시 판다고 하더라고. 지나오는 길에 샀어."

오늘부터 드디어 판매를 시작했구나. 아직 영조가 비법을 전수받았을 리는 없다. 영조 아빠가 만들어 파는 걸 거다. 순대를 만들 기운이 있는 거 같아 다행이라는 생각이 들었다. 그런데, 다 좋은데 '나랑 친한 아이'라니! 딱 내가 걱정했던 부분이다. 영조가 매일 치근덕거리니 이렇게 생각하는 아이가 나온다. 나는 지레가 혹시라도 이런 생각을 할까 봐 걱정이 되었었다.

"나, 영조하고 안 친하다."

나는 목소리에 힘을 주었다.

"매일 붙어 다니는데 안 친한 거냐? 친하지 않은데 왜 붙어 다녀?"

"누가 붙어 다녀? 너는 뭘 보려면 좀 똑바로 봐라. 영조가 치근덕거린 거지, 나한테. 알았냐? 네가 지레한테 치근덕거리는 거처럼."

너무 약이 올라서 한마디 더 했다.

"내가 지레한테 치근덕거렸다고? 나는 전혀 모르는 일인데. 내가 그랬나?"

재후는 전혀 모른다는 표정으로 어깨를 으쓱 올려 보였다. 참 뻔뻔하기도 했다. 쉬는 시간마다 지레 옆으로 쪼르르 달려간 걸 본인이 모른다는 게 말이 되나.

"네가 지레를 좋아하는 거 우리 반 아이들이 다 알 거다. 쉬는 시간마다 지레한테 치근덕거리는 거 다 봤으니까."

"내가 지레를 좋아한다고?"

재후는 또 어깨를 으쓱 올려 보였다.

"아하, 그렇게 보일 수도 있겠다."

얼씨구! 그럼 지레를 좋아하지 않는다는 뜻인가? 말이 되는 소리를 해라.

"반지 선물했잖아. 반지를 아무한테나 선물하냐? 이런 걸 내가 일일이 다 설명해가면서 증명해야 하냐? 좋아하면 좋아한다고 솔직히 말하는 게 더 낫지 않겠냐?"

"아하, 반지? 선물에 무슨 그런 대단한 의미를 부여하냐? 선물은 그냥 선물일 뿐이야. 우연히 지레 생일을 알게 되었거든. 그래서 생일 선물로 준 거야. 그리고 내가 지레한테만 생일 선물 준 거 아니야. 생일을 일부러 물어보지는 않지만 우연히 알게 되면 다 선물해. 나는 내가 선물할 때 선물 받은 아이가 좋아하면 진짜 기분 좋더라고. 그리고 선물 받은 아이들은 나에게 말도 많이 걸어주고 친한 척도 해주거든. 또 성우 네가 오해하는 게 있는데 나는 지레한테만 가지 않아. 쉬는 시간마다 이 아이 저 아이한테 가는데? 오성우. 혹시…… 네가 지레 좋아하는 거 아니냐? 그래서 내가 한 번씩 지레 옆에 가는 걸 매일 가는 거로 착각하는 거 아니냐고? 어떤 학자들이 막 연애를 시작한 사람들 심리를 연구했는데 그런 연구 결과도 있다고 했거든. 누구가를 좋아하게 되면 눈이 항상 그 사람에게 향해 있고 그 사람에게 일어나는 작은 일들이 크게, 전부처럼 다가온다고 말이야. 너, 지레 좋아하지? 아, 그러니까 너와 영조 사이를 내가 오해한 거 같다."

재후가 눈을 가늘게 떴다. 얼굴이 후끈 달아올랐다.

"너 진짜 지레를 좋아하지 않는 거야? 그럼 톡은 뭔데?"

"톡? 너 우리 엄마 문자만 훔쳐본 게 아니라 다른 문자도 훔쳐봤냐? 나, 우리 반에서 톡 주고받는 아이들 많아. 지레도 그중에 한 명이고. 와, 오성우, 너 진짜 골때린다. 뭐 봐봤자 별 비밀도 없는 휴대폰이지만 그래도 남의 문자 훔쳐보는 거 그만해라. 분명히 말해줄게. 나는 지레를 친구로 생각해. 우리 반 친구, 됐냐?"

재후가 거짓말하는 거 같진 않았다. 반지라는 것이 의미를 담지 않고 선물하기에 적합하지 않기는 하지만, 재후 말도 일

180 구미호 카페

리는 있었다. 모든 사람이 선물에 대단한 의미를 부여하지는 않는다. 선물에 의미를 부여하는 것은 밥을 사주면 꼭 무슨 날이냐고 묻는 것과 같다. 특별한 날이 아니어도 밥은 먹을 수 있고 밥을 사줄 수도 있다. 재후는 부자다. 원하기만 하면 큰돈이든 작은 돈이든 척척 나온다. 그리고 새롭게 알게 된 사실로는 재후는 아이들에게 관심을 받고 싶어 한다.

나와 재후는 누가 먼저랄 것도 없이 마주 앉아 순대를 먹었다.

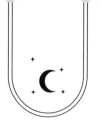

영조와 영조 아빠
그리고 간절한 바람

학교를 마치자마자 지레와 함께 영조네 가게로 갔다. 지레는 영조에게는 말하지 말고 일단 몰래 가자고 했다. 영조 아빠가 그렇게 하라고 부탁하지는 않았지만 제대로 된 서프라이즈를 보여주려면 파티의 주인공이 모르는 게 최고라면서 말이다. 그건 순전히 지레 생각이었지만 나는 아무 말도 하지 않았다. 영조 아빠가 비밀로 했어야 서프라이즈가 되는 거다. 하지만 영조 아빠가 비밀로 했을 확률은 거의 없을 듯했다. 지레는 아트하우스에서 귀가 몸집의 세 배 정도 되는 토끼 인형을 생일 선물로 샀다.

"나도 사야 하는 거지?"

지레에게 아트하우스에서 잠시 기다리라고 한 다음 돈을 빼왔다. 나는 꼬리가 몸집의 세 배 정도는 되는 생쥐 인형을 샀다.

가게 골목에 들어섰을 때 나와 지레는 걸음을 멈췄다. 가게 앞에 사람들이 줄을 서 있었다. 나는 그제야 재후가 순대를 사 왔던 게 떠올랐다.

"드디어 수제 순대를 다시 팔기 시작했구나."

지레와 나는 사람들 틈을 비집고 겨우 가게로 들어갔다.

주방에서는 영조 아빠가, 홀에서는 할머니가 정신없이 바빴다. 영조는 보이지 않았다.

"안녕하세요."

지레가 주방으로 가서 인사했다.

"그새 소문이 쫙 퍼졌나 봐요? 역시 여기 순대 맛을 잊지 못한 사람들이 많았어요. 그런데 이렇게 바쁘게 일하셔도 되는 거예요? 아직 많이 편찮아 보이세요."

지레가 말했다.

"비법을 전수하는 것 중에 하나는 이런 것도 있단다. 장사를 어떻게 해야 하는 건지 보여주어야 하거든."

"그런데 영조는 어디 갔어요?"

지레가 주방 안을 두리번거렸다.

"잠시 시장에 갔단다."

영조 아빠는 순대를 썰고 어묵을 그릇에 담으며 말했다.

"파티는요?"

지레가 물었다.

"파티? 아하!"

영조 아빠가 고개를 번쩍 들고 지레를 바라봤다. 당황하는 표정이었다.

"설마 잊어버리셨어요?"

지레도 당황하는 눈치였다.

"지금이라도 준비할까요? 케이크만 있으면 생일 파티 할 수 있어요. 사 올까요?"

지레는 영조 아빠가 영조 생일 파티를 하기로 한 걸 잊었다고 단정 짓고 말했다.

"손님들이 저렇게 길게 줄 서서 기다리고 있는데 어쩌지? 장사를 중단하고 생일 파티를 해야 하는 건가? 아, 그래, 미안한데 니네들이 우리 영조랑 생일 파티 좀 해줄래? 장소는…… 여기는 곤란하고 어디가 좋을까? 어디 빵집 같은 곳이나 카페 같은 데 가서 하면 되겠다."

영조 아빠는 케이크값을 꺼내주고 지레는 그 돈을 나에게 건네며 생크림 케이크를 하나 사 오라고 했다.

생크림 케이크를 사 들고 영조네 가게로 갔을 때 영조가 돌아와 있었다. 케이크를 사 오는 그 잠깐의 시간 동안 무슨 일이 있었는지 분위기가 좀 이상했다.

"왔니?"

영조는 나와 지레를 보고도 시큰둥했다.

"영조 네가 없어도 괜찮으니까 친구들하고 같이 나가라니까. 생일 파티 해보는 게 소원이라고 했잖니."

"안 해도 된다고요."

영조는 포장 주문을 받은 순대를 포장하며 퉁명스럽게 말했다. 영조 아빠가 가까운 카페에 가서 생일 파티를 하라고 몇 번이나 말했지만 영조는 단호하게 안 한다고 했다. 하도 단호해서 지레와 나는 같이 나가자는 말을 붙이지도 못했다. 결국 케이크 상자를 카운터 한쪽에 올려놓고 밖으로 나왔다.

"왜 그러지?"

지레가 물었다.

"나도 모르지."

나와 지레는 골목 밖으로 나왔다.

"성우 너는 여전히 순대에 대한 기억은 안 나는 거지?"

헤어지기 직전 지레가 물었다. 하지만 대답을 기대하고 묻는 건 아닌 듯했다. 지레는 곧바로 돌아서서 손을 흔들고 갔다. 나는 지레가 건물 모퉁이를 돌아서서 사라질 때까지 지켜봤다. 특이사항의 날짜는 이틀 남았다. 다 지나고 나면 돈과 반지만 떠올리던 내 머릿속에는, 그리고 순대만 떠올리던 지레 머릿속에는 어떤 다른 생각들이 들어올까. 구미호 카페의 마법에서 깨고 나면 나와 지레가 18일 동안 만나고 싶을 때 만났는데도 정작 원하는 것은 하나도 이루지 못했다는 것이 기억 속에 남기는 할까.

'돈은 어디에 쓸까?'

집으로 돌아오며 주머니 속 돈을 만지작거렸다. 머릿속을 획 지나가는 기막힌 생각이 하나 있었다. 나는 효도 한번 거창하게 하려고 마음먹고 백화점으로 달려가 엄마 티셔츠와 아빠 셔츠를 샀다.

"이게 뭐니?"

엄마는 티셔츠와 셔츠가 들어 있는 백화점 종이백을 받아 들고 물었다.

"선물이야."

"선물? 오늘이 무슨 날이지? 엄마 생일이니? 아닌데. 아빠 생일도 아니고. 어버이날도 아닌데 뭔 선물이야? 네가 돈이 어디 있어서? 백화점 종이백은 또 어디서 구한 거야? 백화점 가서 100원 주고 종이백 따로 산 거야?"

아, 정말 격 떨어지는 말을 골라서 하고 있다.

"미쳤어? 종이백 사러 백화점 가게?"

"성질은. 그런데 돈이 어디 있어서 사 온 거니? 아무리 싸구려라도 너한테는 큰돈일 텐데. 진짜 산 거야?"

하여간 정이 똑똑 떨어지게 말하는 데는 타의 추종을 불허한다. 싸구려라니!

"안 샀어, 안 샀어. 오다 주웠어. 입기 싫으면 관둬. 갖다 버릴게."

나는 종이백을 빼앗아 거실 구석으로 던져버리고 방으로 들어와버렸다.

"오성우."

가물가물 잠이 들려는 찰나 방문이 열리고 엄마가 들어왔다.

"너, 엄마가 좋아서 팔짝팔짝 뛰지 않았다고 그걸 도로 가져가? 삐졌니, 삐졌어? 아빠한테 네가 용돈 아껴서 옷 사 가지고 왔다고 자랑을 늘어놓고 봤는데 어디 있어?"

엄마가 방 여기저기를 기웃거렸다.

"거실에 있잖아."

나는 퉁명스럽게 말했다.

"없으니까 물어보는 거지."

나는 방에서 나와 거실을 샅샅이 뒤졌다. 엄마와 마주 서 있다가 돌아서서 종이백을 집어 던진 각도를 재어보면 종이백이 떨어진 곳은 신발장 옆이었다. 하지만 없었다. 귀신이 곡할 노릇이었다.

'지레를 위한 선물을 사거나 지레와 함께 뭘 먹는 게 아니면 다른 곳에 써서는 안 되는 돈이야? 그럼 피트니스센터에 등록한 돈은? 그 돈도 나에게 받은 즉시 사라졌나? 아아, 골치 아파. 뭐가 이렇게 까다로워? 내 돈이 아니니까 내 마음대로 쓸 수 없는거구나.'

나는 심호와 꼬리가 원망스러웠다. 하지만 다시 생각해보니 내가 간절히 원하는 것을 들어준다고 했으니까 심호와 꼬리가 잘못한 것은 없었다. 돈이라는 것은 있으면 좋은 거고 없어도 크게 상관없이 16년을 살아왔다. 그런 내가 돈을 간절히 원했던 마음 안에는 재후에 대한 열등감이 있었고, 더 깊이 파고들면 결국은 지레가 있었으니까.

엄마는 티셔츠와 셔츠를 도로 가져오라고 달달 볶았다. 세상에서 제일 치사한 놈이 줬다가 뺏는 놈이란다. 세상에서 가장 유치한 놈이 선물을 주고는 상대가 좋아하지 않는다고 삐지는 놈이란다. 사람 환장할 노릇이었다.

"내일까지 찾아줄……. 아니야. 아니야."

나는 내일 돈을 찾아 똑같은 티셔츠와 셔츠를 사려고 마음먹었다가 재빨리 고개를 저었다. 다시 사도 또 사라질 거다. 차라리 오늘 끝내는 게 낫다.

"이모가 뭘 내놓으라는 거야? 웬만하면 주지 그랬냐? 뭔데 치사하고 유치하다는 놈 소리를 들어?"

재후가 말했다. 그런 말을 듣고도 못 주는 놈은 오죽하겠냐.

"오성우."

"아, 됐어. 그만 말해. 줄 수 없는 상황이니까 못 주는 거야."

나는 쏘아붙였다.

"그게 아니고 나, 할머니 집에 가려고."

"그걸 왜 나한테 보고하냐?"

언제는 나한테 허락받고 할머니 집에 갔었나? 나와 얼마간의 대화가 오고 갔다고 해서 친해진 느낌이 드는 모양인데 그 문제에 대해서 나는 해줄 말이 없다. 아니, 해서도 안 된다. 공연히 잘못 엮였다가 이모한테 욕을 벌 수도 있다. 예민한 문제에는 참견하지 않는 게 제일이다.

"할머니 집에 들어가려고."

"뭐?"

들어간다는 말은 거기서 살겠다는 말?

"할머니 집에서 살 거라고."

"이모가 그러래?"

"아니."

"너 미쳤냐?"

애가 간덩어리가 부어도 제대로 부었다. 이래도 저래도 엄마가 막아주고 비밀로 해주니까, 제멋대로 해도 큰 탈이 나지 않으니까 착각하고 있는 게 분명했다. 나는 엄마가 현재 얼마나 큰 고민에 휩싸여 있는지 재후에게 솔직하게 말하고 싶었다. 이모와의 거래를 후회하고 있다는 말도 해주어야 한다는 생각이 들었다. 애가 현실을 몰라요, 현실을.

"너 그랬다가는 이모가 가만있을 거 같냐? 이모랑 이모부가 1년 정도 더 거기에 있다고 하니까 네 멋대로 해도 뭐라고 할 사람 없다고 생각하는 모양이지? 우리 엄마만 입 다물고 있으면 끝이라고 생각해서 1년 동안 할머니 집에 가서 살 생각인가 본데, 너 잘못 생각하고 있어. 우리 엄마는 절대 비밀로 못 해. 그리고 나도 비밀로 못 해."

"내가 원하는 대로 한번 해보고 싶다고 했잖아."

"할머니랑 같이 사는 게 네가 원하는 거였어?"

네가 언제부터 니네 할머니랑 그렇게도 친했느냐고 따지고 싶었다. 친했으면 이모가 한국에 있을 때 그런 폭탄 선언을 하지 왜 하필 지금 여러 사람 곤란하게 만드느냐고 따지고 싶었다.

"설문조사에서 그걸 썼었냐? 너는 괜찮냐? 잘 생각해봐라, 그거 좀 문제 많아. 나는 거의 포기 상태야. 그리고 네가 할머니 집으로 가서 사는 거 네 마음이야. 하지만 네가 직접 이모한테 말하고 허락받아. 우리 엄마나 나한테 떠넘기지 말고."

나는 분명히 말했다.

"네가 무슨 포기를 했는데? 아무튼 알았다. 내가 우리 엄마한테 말할게. 이모나 너한테 떠넘기지 않을게. 내가 엄마한테 기회를 봐서 말할 거니까 그때까지만 비밀로 해줘."

제 입으로 제가 말하겠다는데 더 이상 할 말은 없었다.

영조는 온종일 열공을 하고 있었다. 공책에 뭔가 써넣고 또 써넣었다. 옆을 지나가는 척하며 공책을 훔쳐봤다. 채소 이름이 잔뜩 적혀 있고 반죽하는 방법 같은 것도 보였다. 순대 만드는 비법을 공부 중이었다.

"왜?"

영조가 고개를 들고 물었다.

"응? 아무것도 아니다. 지나가는 길이었다."

"오호, 그러세요? 그럼 나그네님 얼른 지나가세요. 혹시 뱀

이 나타나면 말씀해주세요. 제가 쇠종에 머리를 박아드릴 테니까요."

영조가 웃었다. 영조다운 모습이었다. 문득 아직 사과를 하지 않았다는 게 생각났다.

"곧 순대의 장인이 되겠다?"

"지나가는 길에 남의 공책은 제대로 훔쳐봤네? 당연히 순대의 장인이 되어야지. 아빠가 가게에 다시 나온 건 거의 기적이야. 우리 집 순대 맛도 사라질 뻔했거든. 그런데 하늘이 도운 거지. 내가 음식 만드는 걸 좋아하지는 않지만 아빠 소원대로 비법을 전수받아야 하는 건 맞아. 그게 아빠가 원하는 거거든. 오늘은 순대 비법 전수가 끝나고 어묵 비법 전수를 받는 날이야. 어묵은 예전에 배워본 적이 있어서 쉽게 배울 수 있을 거야. 아빠는 자꾸만 아빠가 죽기 전에 다 배워야 한다고 말하는데 그런 말을 들을 때마다 슬퍼. 나는 아빠랑 같이 오래오래 사는 걸 간절히 원하거든. 아무튼 다음 달에 아빠 생일이 있거든. 아빠 생일 선물로 아빠에게 전수받은 완벽한 순대와 어묵을 만들어서 아빠한테 보여줄 거야."

나는 영조를 물끄러미 바라봤다. 애가 꽤 효녀다. 어쩜 저렇게 아빠 생각을 끔찍이 하는지 모르겠다. 음식 만드는 걸 좋아하지 않는 애가 오직 아빠의 뜻을 따르기 위해 저 정도로 열심이라니.

"아참, 너는 생일 파티 했어?"

문득 궁금했다. 영조는 생일 파티라는 말에 입을 다물었다. 비법 노트에 줄을 죽죽 그어가며 중얼거리기만 했다. 영조 아빠와 영조 사이에 어제 무슨 일이 분명 있었던 게 확실했다.

"할 말 있다."

더 미루다가는 영영 고백하지 못할 수도 있을 거 같았다. 얼렁뚱땅 다시 영조와 말을 하고 지내면 굳이 사과하지 않아도 될 거라는 생각이 들 수도 있다. 그렇게 사과하는 것을 잊게 되면 살아가면서 문득문득 떠오를 때가 있을 테고, 그때마다 양심의 가책이 느껴질 거다. 다른 것도 아니고 친구를 도둑으로 몰았다.

영조가 고개를 들었다.

"미안하다."

나는 두 눈을 질끈 감고 말했다.

"뭔 소리야?"

"네가 내 가방을 열어봤다고 오해했던 거. 미안하다."

영조가 내 얼굴을 가만히 바라봤다.

"오성우. 말을 하려면 똑바로 해야지. 가방을 열어봤다고 오해한 게 아니잖아? 네 가방 안에 있는 돈을 가져갔다고 오해한 거지."

영조가 말하는 순간 얼굴이 화끈 달아올랐다.

"네 사과 받을게. 나를 도둑으로 몰았던 거는 성우 네가 완전 잘못한 거지. 너랑 다시는 말도 안 하려고 마음먹었으니까.

하지만 그러고 나서 성우 네가 우리 가게에 몇 번 왔잖아? 나는 그걸 사과의 뜻으로 받아들였어. 순대를 파는 곳이 우리 가게만 있는 것도 아니고 찾아온 데는 다 이유가 있는 거지. 물론 지레가 우리 가게로 가자고 했겠지만 네가 싫나고 고집을 부리고 다른 곳으로 갈 수도 있는 거 아니니? 그리고 이렇게 사과를 해주어서 고맙다. 나중에 내가 만든 순대 먹으러도 와야 한다. 내가 오성우 너한테는 마구마구 퍼줄게. 너, 나를 알고 있다는 거 되게 행운인 줄 알아라. 나중에는 우리 가게에 줄을 서지 않으면 내가 만든 순대 맛을 못 볼 거거든."

그래, 그러지 뭐. 마구마구 퍼준다면 마구마구 먹어줄 거다. 어쩐지 순대가 좋아질 거 같았다.

'그런데 지레가 말하는 순대에 대한 기억은 뭐지?'

뭔가 대단한 기억이 있는 거 같은데 아무리 생각해도 그 부분은 캄캄했다.

수업이 끝나고 집에 돌아오자마자 한숨 죽은 듯 자고 일어났다. 맑은 정신으로 방 안을 두리번거리다 벌떡 일어났다. 영조 생일 선물로 주려고 샀던 생쥐 인형이 든 종이 가방이 책상 옆에 쑤셔 박혀 있었다.

'생일 파티는 같이 못 했지만 선물은 주고 왔어야 하는 건데. 지레는 지금 학원에 있겠지.'

하지만 종이 가방 안은 텅 비어 있었다.

"아주아주 정확하게 룰을 지키는 구미호 카페군."

나는 서랍 안에 넣어둔 용돈을 들고 집에서 나와 생쥐 인형을 다시 사 들고 영조네 가게로 갔다.

"어? 왜 이렇게 썰렁해?"

영조네 가게로 가는 골목 안은 조용하다 못해 고요했다. 어제는 끝이 보이지 않을 정도로 줄을 섰었는데 말이다. 가게 문은 굳게 닫혀 있었다. 조심스럽게 문을 여는 순간 심장이 멈추는 줄 알았다.

"이게 뭔 일이야?"

난투극이 벌어진 듯 가게 안은 엉망이었다. 의자는 넘어져 있고 순대와 어묵이 바닥에 흩어져 있었다. 접시는 깨져 있고 깨진 접시 조각 위로 어묵 국물이 흥건했다.

"무슨 일이지?"

나는 가게를 둘러봤다. 카운터 옆에는 어제 지레가 두고 간 케이크가 그대로 놓여 있었다. 나는 조심스럽게 주방으로 갔다. 주방에는 순대를 썰던 흔적이 남아 있었다. 도마 위에 순대와 순대를 썰던 칼이 놓여 있었다.

나는 싱크대 안에 있는 주걱을 보는 순간 눈을 크게 떴다. 그 주걱이었다. 영조 아빠가 구미호 카페에서 샀던 그 주걱.

"분명 무슨 일이 있었던 것 같은데……."

나는 영조에게 전화를 했다. 받지 않았다.

한참 동안 가게 안에 서 있다 밖으로 나왔다. 멀쩡하던 하늘

이 번쩍! 하더니 비가 쏟아지기 시작했다. 나는 골목 밖 편의
점으로 가서 우산을 샀다.

'아, 인형.'

편의점에서 나오며 생쥐 인형을 영조네 가게에 두고 온 걸
깨달았다. 나는 다시 골목으로 향했다. 그때 골목을 빠져나오
는 영조 아빠가 보였다. 영조 아빠는 한 손에 주걱을 들고 있
었다.

"내가 우산 사는 동안 가게에 갔다 온 건가? 가게가 엉망이
던데 치우지 않고 어디 가는 거지? 우산도 안 쓰고."

나는 잽싸게 편의점으로 들어가 우산 하나를 더 사 들고 나
왔다. 영조 아빠는 비를 맞으며 저만큼 걸어가고 있었다. 나는
영조 아빠를 향해 달려갔다.

"어?"

나는 걸음을 멈췄다. 영조 아빠가 향하는 곳은 재개발 지역
이었다.

'혹시?'

구미호 카페에서 샀던 주걱을 들고 다시 구미호 카페로 가
는 거라면 이유는 한 가지일 거다. 특이사항 시간이 다 지났다
는 뜻일 수 있다. 나는 천천히 언덕을 올라갔다.

불빛 하나 없는 구미호 카페 건물 위로 거센 빗줄기가 쏟아
졌다. 어둠에 잠긴 구미호 카페 건물은 을씨년스러웠다.

끼이이익.

영조 아빠가 구미호 카페 대문을 열었다. 대문은 오래되어 녹슨 쇳소리를 내며 힘겹게 열렸다. 영조 아빠는 대문 안으로 들어가 뒤꼍으로 사라졌다. 내 짐작이 맞았다. 특이사항 시간을 다 보내고 주걱을 태우기 위해 이곳에 온 거다.

거세게 쏟아지는 빗속으로 강렬한 불꽃이 번쩍였다. 얼마 후 영조 아빠는 구미호 카페에서 나와 언덕을 내려갔다.

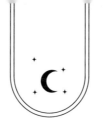

재후만 성공한 건가?

영조 아빠가 세상을 떠났다. 어젯밤이라고 했다.

'영조 아빠는 간절히 바라던 시간을 살다 갔을까?'

나는 영조의 빈자리를 보며 생각했다. 영조 아빠가 간절히 원하던 것은 순대와 어묵의 비법을 영조에게 물려주는 거였을 거다. 그래서 쓰러져 아픈데도 그 몸을 이끌고 가게에 나왔던 거다. 영조는 열심히 비법을 물려받는 것 같았고 그렇다면 영조 아빠는 성공했다. 너무 짧은 시간이었고, 영조가 음식에 기본적인 실력 없이 물려받다 보니 어설플 수도 있고, 영조 아빠가 원하는 만큼의 결과를 얻지는 못했을 수도 있다. 하지만 영조는 자기 아빠가 뭘 원했는지 알고 있다. 앞으로 영조는 영조 아빠 못지않은 순대와 어묵의 장인이 될 수 있을 거다.

수업이 끝나고 지레와 함께 장례식장에 갔다. 영조는 눈이 통통 부어 있었다.

"이제 나에게는 아무도 없어."

영조는 초등학교 때 엄마 아빠가 이혼을 했다고 한다.

나는 아무도 없다고 말하는 영조에게 어떤 말을 해주어야 할지 생각했다. 어떤 말도 위로가 되지는 않겠지만 그래도 무슨 말이라도 해주고 싶었다. 나는 화장실에 가는 척하며 영조를 밖으로 불러냈다.

"이거."

나는 가방에서 생쥐 인형을 꺼내 내밀었다.

"이게 뭐야?"

"생일 선물. 그날 깜박 잊고 그냥 나왔거든."

영조는 아무 말도 하지 않고 생쥐 인형을 받아 들어 꼭 안았다. 아무도 없는 영조에게 생쥐 인형이 한동안은 위안이 될 수도 있다는 생각이 들며 눈물이 핑 돌았다.

"나는 있잖아. 생일이 되면 꼭 해보고 싶은 게 있었어."

영조가 말했다. 나도 알고 있다. 친구들을 초대해서 생일 파티를 하는 것. 엊그제 그러려고 했는데 가게에 손님이 들이닥치면서 못 하게 되었다. 하지만 이번에 못 한 거 내년에 하면 된다. 아마 지레도 찬성할 거다.

"아빠와 같이 생일 파티 하는 거. 아빠가 너무 바빠서 단 한 번도 아빠랑 같이 내 생일 파티도, 아빠 생일 파티도 못 해봤거든. 다음 달 아빠 생일에는 내가 파티를 해주려고 했는데.

풍선도 불어 매달고 케이크에 불도 끄고. 아빠는 단 한 번도 아빠 생일에 케이크 불을 꺼보지 못했을 거야. 엄마 아빠가 이혼하고 나서 나도 그랬지만."

"아빠랑 생일 파티 하는 거? 친구들을 불러 생일 파티 하는 게 소원이 아니고?"

나는 영조에게 물었다.

"친구들도 오면 좋지."

영조가 생쥐 인형 머리를 쓰다듬으며 말했다. 영조는 꽤 오랫동안 인형을 쓰다듬었고 나는 그런 영조를 바라봤다.

"영조야. 내가 생각해봤는데 있잖아. 영조 너는 죽을 때까지 쇠종을 들이박는 새가 되어야 해. 생각해보니까 내가 초등학교 때 너한테 너무너무 잘해줬더라고. 그리고 앞으로도 너한테 잘해줄 거거든. 네 생일 때마다 불러서 맛있는 거 해줘라. 은혜는 갚아야지."

영조가 고개를 끄덕였다.

장례식장으로 들어가는 영조 뒷모습을 보며 영조 아빠를 떠올렸다. 영조 아빠는 장례식을 치르는 이 병원에서 어젯밤 세상을 떠났다고 했다. 병원은 영조네 가게에서 그렇게 멀지 않다. 하지만 아무리 가까워도 그렇지 세상을 떠날 정도로 위독한 환자가 어떻게 가게에 가서 주걱을 가지고 언덕길을 올라갔을까? 영원히 풀리지 않을 미스터리한 일이기도 하지만 한편으로는 간절함의 힘이 얼마나 큰지 알 수 있었다. 영조 아빠는 비법을 물려주는 걸 간절히 바랐다. 심호는 마지막 날 구미호 카페에서 산 물건을 꼭 태워야 한다고 했다. 그래야 간절히 바라던 일이 이뤄질 수 있다는 뜻일 거다.

"궁금한 게 있는데 물어봐도 돼?"

장례식장에서 돌아오며 나는 지레에게 물었다.

"재후 좋아하냐?"

"좋아하지. 재후 같은 성격을 가진 아이를 누가 싫어하냐? 착하지, 매일 웃는 얼굴이지, 거기에다 잘생기기까지 했지. 또 내 생일을 어떻게 알았는지 선물까지 하지. 재후는 진짜 신기해. 아이들 생일을 어떻게 그렇게도 잘 기억하는지 몰라. 애가 다정한 면이 있어서 그런가 봐."

지레가 말했다.

나는 지레 말을 듣고 후회했다. 진작 물어볼걸, 혼자 짐작하고 결론을 내지 말고 물어볼걸.

'완전 헛짓만 했네. 정작 하고 싶은 말은 하지 못하고.'

지레에게 하고 싶은 말만 못 했던 게 아니다. 내 진짜 모습을 지레에게 보여주지 못했다. 바람이 빵빵한 풍선처럼 허풍이 가득한 모습만 보여줬다. 중학생이 반지나 척척 선물하고 먹고 싶다는 거 다 사준다고 어깨에 힘이나 주는, 진짜 내 모습이 아닌 가짜 모습만 보여줬다.

"성우 너 진짜 순대에 대한 기억 안 나는 거지?"

헤어지면서 지레가 물었다.

"아무래도 나는 룰을 끝까지 못 지킬 거 같다."

그러고는 이렇게 말했다. 하루만 참으면 특이사항의 시간이 지나가는데 하루를 못 참고 룰을 어기는 긴 아닌 기 같다고 말하고 싶었지만 하지 못했다. 지레의 결심은 아주 단단해 보였고 표정은 비장해 보이기까지 했다.

집에 돌아왔을 때 재후는 짐을 싸고 있었다.

"살살 짐부터 싸놓으려고. 다음 주에 이사하고 전학도 가려고."

"이모한테는 말했어? 허락은 받아야지. 하긴 허락을 받았으니까 짐을 싸겠지. 이모가 순순히 허락했어? 상속받을 거라고 하니까 할머니 집으로 들어가서 살래?"

"아니. 엄마한테는 아직 말하지 않았어. 이사 가면서 말하면 되지, 뭐."

애가 간이 부어도 어느 정도지. 몰아치는 폭풍을 무슨 수로 막으려고.

"야, 그러다 우리 엄마 죽어. 우리 엄마가 죽으면 나도 죽음이야. 우리 엄마한테는 말했냐?"

"이모한테는 말했지. 이모는 상속으로 가자고 계속 강조하고 있어. 완전히 결정 난 거니까 이제 너한테는 말할게. 이제 말해도 돼."

저 말은 특이사항 시간이 다 끝났다는 말? 오늘이 마지막 날

인가?

"할머니가 상속해주겠다고 약속한 적 없어. 상속이라는 말도 안 나왔는걸. 그날 이모가 그런 말을 하는 바람에 얼렁뚱땅 넘어갔던 거야. 사실은 내가 먼저 할머니를 찾아갔어. 할머니 집에서 살겠다고 먼저 말한 것도 나야. 할머니는 반대했어. 엄마랑 더 이상 나빠지고 싶지 않다고. 그래서 시간이 날 때마다 할머니를 찾아가서 졸랐어. 제발 같이 살게 해달라고. 비를 쫄딱 맞고 다닌 건 할머니한테 불쌍하게 보이기 위해서였어."

"그럼 차도로 걸어 들어간 것도 교통사고라도 나서 할머니한테 불쌍한 놈 소리 들으려고 그랬냐?"

"그날 알았거든. 엄마가 그곳에 더 있다 오고 싶어 하는 걸."

재후는 다시 짐을 싸기 시작했다. 이모가 연장 신청을 한 것이 재후에게는 충격이었던 거다. 전혀 상상조차 못 했던 일이어서 더 놀랐다.

"꼭 할머니 집에 가야 해? 우리 집이 불편해?"

괜히 서운했다. 내가 눈치를 많이 주긴 주었다. 허구한 날 볼멘소리에 성질에 짜증을 부리고 말이다. 진짜 집이 없어서 얹혀 사는 사람이라면 서러워서 눈물 날 정도였을 거다.

"그건 아니야. 하나도 안 불편했어. 너랑 같은 방 써서 얼마나 좋았는데. 자다 깨면 누군가의 숨소리가 방 안을 가득 채우고 있는 게 얼마나 좋은지 몰라. 어차피 성우 너에게는 다 말해주려고 마음먹었으니까 말할게. 내가 할머니 집으로 들어

가려는 진짜 이유가 뭔지 알아?"

그야 뭐, 같은 공간에서 같이 숨 쉬고 밥 먹고 웃고 그리고 같이 잠을 자는 온기가 필요해서겠지. 매일 툴툴거리는 나보다는 저한테 잘해주는 할머니가 더 낫다는 생각에 결정한 일이겠지. 갑자기 재후 등을 토닥여주고 싶었다. 진작 알았으면 얼마나 좋았을까. 그러면 재후를 미워하는 일도 없었을 텐데.

"내가 할머니 집으로 들어가면 엄마가 돌아올 테니까."

"뭐?"

"엄마는 내가 할머니랑 같이 사는 걸 절대 보고 있지 않을 거야. 당장 돌아올 거야."

엄마도 저렇게 말한 적이 있었다. 이모를 돌아오게 만드는 가장 정확하고 빠른 방법은 바로 그거라고. 그런데 재후가 저런 생각까지 할 줄은 몰랐다.

"솔직히 말해서 나는 할머니와 단 한 번도 같이 살아본 적이 없어. 살아보기는커녕 얼굴도 자주 못 봤어. 그런데 무슨 할머니랑 같이 살고 싶은 생각이 들겠니? 그렇다고 해서 내가 할머니를 이용해먹었다는 생각은 하지 마. 혼자 살고 있는 할머니를 보면서 불쌍하다는 생각이 들었고 이유야 어찌 되었든 함께 사는 것이 할머니를 위해서도 좋을 거라는 생각을 했으니까."

결국 재후의 최종 목표는 이모였다. 이모를 돌아오게 만드는 것, 그게 재후가 간절히 원하는 일이었다는 걸 알았다.

"너는 100퍼센트 성공했구나."

나는 재후에게 말했다.

"100퍼센트 성공인지 아닌지는 아직 모르지. 하지만 내가 원하는 대로 아직은 잘 진행되고 있는 거 같아. 그런데 솔직히 떨린다. 내 계획을 엄마가 알아차릴까 봐. 엄마가 알아차리면 나는 죽음이야. 그리고 할머니한테 들킬까 봐 그것도 겁나. 할머니가 사실을 알면 얼마나 실망하시겠냐? 할머니는 지금 내가 할머니를 엄청 좋아해서 같이 살자고 조른 거로 착각하고 계신데."

"뭘 걱정이야? 나만 입 다물고 있으면 아무도 모를 건데. 네 비밀은 죽을 때까지 나만 알고 있을 테니까 걱정하지 마라."

"그렇지?"

재후가 웃었다. 재후는 성공했다. 구미호 카페를 방문했던 나를 비롯해 내가 아는 사람들 중에 재후 혼자만 유일하게 성공했다. 영조 아빠는 영조 생일을 챙겨주지 못했다. 영조의 생각과 영조 아빠의 생각이 달랐다. 결과적으로 영조 아빠는 자신의 바람을 100퍼센트 이루지 못한 거다.

"오늘이 마지막 날이니? 아니면 어제였냐? 물건은 태웠냐?"

나는 재후에게 물었다. 재후는 그새 침대에 엎어져 잠들어 있었다.

"세상에! 벌써 짐을 다 싸놓은 거야?"

아침에 엄마가 방문을 열어보고는 놀랐다.

"우리 재후. 갑부가 되면 이모 모른 척하지 마라. 니네 할머니 재산이 어마어마하다고 들었는데, 어마어마가 어느 정도인지 감도 안 오네."

엄마는 끝까지 상속으로 밀고 나갔다.

주방에서 아침을 하는 엄마 뒷모습을 물끄러미 바라봤다.

"왜? 뭐 할 말 있어? 엄마 등짝 뚫어지겠다."

엄마는 돌아보지 않고 말했다.

"아니."

"그럼 왜?"

"그냥, 고마워서."

엄마가 내 곁에 딱 늘어붙어 있는 게 오늘따라 말도 못 하게 고마웠다. 엄마가 휙 돌아봤다.

"얘가 오늘따라 왜 이래? 그렇게 고마운데 사줬던 옷을 도로 가져가버려? 아빠도 얼마나 실망했는 줄 알아? 솔직히 말해봐. 너 네 성질 못 이겨서 그 옷 확 버렸지? 어디다 버렸냐? 지금이라도 찾아가면 있을까?"

"내가 나중에 돈 벌면 엄마랑 아빠 옷 사줄게. 명품관에 가서 제일 비싼 거로."

"아이고야, 됐다. 차라리 재후한테 돈 좀 달라고 해서 옷 사 입는 게 훨씬 더 빠르겠다."

하여간 사람 기분 잡치게 하는 데는 탁월한 능력이 있다. 하지만 그래도 엄마가 고마웠다.

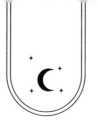

구미호 카페

마지막 날이다. 교실을 나서는데 지례가 따라왔다. 나는 어제 지례가 했던 말을 떠올렸다. 아무래도 룰을 지키지 못할 것 같다고 했는데 설마 지금 구미호 카페에 대한 비밀을 털어놓으려고?

"오늘이 특이사항 마지막 날이야."

지례가 말했다.

"나는 오늘 룰을 깨기로 결심했어. 왜냐하면 그걸 지키려면 하지 말아야 할 말이 있거든. 하지만 그 말을 꼭 하고 싶어. 오성우, 겁이 나면 너는 내 말을 듣기만 하면 돼. 대답하거나 맞장구치지 말고. 그러면 너는 룰을 깨는 게 아니잖아?"

지례는 용감했다. 망설이는 모습을 전혀 보이지 않았다. 룰을 어긴다고 해서 죽는 건 아니라고 했다. 하지만 어떤 일이

닥칠지는 아무도 모른다. 그 일이 바람이 될지 아니면 커다란 태풍이 될지 그것도 모른다.

"나는 구미호 카페에서 애플 말랑을 먹고 털장갑을 샀어. 그리고 특이사항 20일 중에 이틀은 심호에게 주고 18일을 받았어. 하지만 나는 내가 간절히 원하던 시간을 살지 못했어."

지레는 잠시 말을 멈추고 숨을 깊게 들이마셨다.

"오성우. 너 혹시 건망증 심하니? 아니지, 건망증은 당장은 생각 안 나더라도 나중에 생각나기도 하거든. 혹시 너 치매니?"

얘가 무슨 말도 안 되는 소리를 한담. 내 나이가 몇 살인데 벌써 치매? 치매는 뇌세포가 죽어 가는 병이다. 내 나이에 벌써 뇌세포가 죽으면 앞으로 많은 날을 어떻게 살아가라고. 악담을 해라, 악담을.

"그걸 질문이라고 하냐?"

"아니지?"

"당연히 아니지."

"나도 그렇게 생각해. 그래서 지금 룰을 깨고 있는 거야. 오성우. 너는 너와 나 사이에 있었던 순대의 기억을 전혀 몰라. 그 기억은 그 정도로 까마득하게 잊을 수는 없는 기억이야. 왜냐하면 그날 이후로 나는 말을 하지 않았지만 너와 눈이 마주칠 때마다 그 일을 떠올렸으니까. 너도 그런 거 같았어. 적어도 너랑 나랑 설문조사를 하고 구미호 카페에 가기 전까지는 그랬어. 오성우 너도 설문조사를 하면서 간절하게 원하는 것을 적었을 거고 그래서 구미호 카페에 간 거잖아. 그날 이후로 너는 순대에 대한 기억을 잊은 거야. 너도 구미호 카페에서 산 죽은 사람들의 물건 있지? 내 생각에는 그 물건값이 그건 거 같아. 메가 백화점 앞에서 나와 부딪혔던 그 시간이 물건값으로 지불된 거지."

"너랑 내가 메가 백화점 앞에서 부딪혔다고?"

"응. 눈이 펑펑 내리던 날이었어. 콧물이 나오자마자 바로 얼어붙을 정도로 추웠어. 나는 그날 순대를 사 가지고 길을 건너고 있었어. 엄마가 그때 늦둥이를 임신했었거든. 아빠는 출장 가고 없는데 엄마는 구역질을 하며 밥을 통 먹지 못했어. 그런데 순대라면 먹을 수 있다는 말을 하는 거야. 시장 입구에 있는 수제 순대집 순대라고 콕 짚어주면서 말이야. 순대를 사 가지고 길을 건너는데 순대가 들어 있는 종이봉투가 찢어졌어. 나는 도로 중간에서 어쩔 줄 몰라 했어. 그때 네가 길을 건너다 나를 본 거야. 친구들 두 명도 더 있었어."

그런 일이 있었다면 내 기억에는 소중히 간직되어 있어야 옳다.

"너는 봉투 찢어진 부분을 접고 땅에 흩어진 순대 중에서 땅에 직접 닿지 않은 순대를 하나하나 조심스럽게 집어 봉투 안에 넣었어. 먹을 수 있는 것만 잘 골라서 말이야. 신호는 바뀌었고 자동차들은 **빵빵**거리는데 너는 상관하지 않았어. 너는 그때 하얀색 털장갑을 끼고 있었거든. 새것 같았어. 하얀색 털장갑은 거무튀튀한 색으로 물들었어. 순대를 다 정리하고 나서 너는 내 팔목을 잡고 길을 건넜어."

지레가 말을 멈추고 나를 빤히 바라봤다. 이런 일을 내가 잊을 리 없다. 지레 말대로 다이어리값으로 그 시간이 지불된 게 아니라면 나는 치매다.

"그날 이후로 나는 네가 좋아졌고 쭉 생각했어. 언젠가는 너와 그 일을 얘기해야지, 그리고 미처 고맙다고 말하지 못했는데 고맙다는 말도 해야겠다고 말이야. 하지만 참 이상하지. 쑥스러워서 먼저 말을 못 붙이겠는 거야. 너도 나한테 말을 붙이고 싶어 하는 눈치였는데 그러지를 못하더라. 나는 성우 네 성격을 아니까 그럴 수도 있을 거라고 생각했어. 하지만 늘 생각했었어. 언젠가는 말해야지. 그런데 있잖아. 시간이 가면 갈수록 더 너에게 말을 못 걸겠는 거야. 말을 하려고 하면 심장부터 쿵쾅거려서."

지레 얼굴이 빨개졌다. 나도 덩달아 얼굴이 뜨거워졌고 심장이 뛰었다.

"그러다 설문조사를 했어. 나는 너에게 말을 붙이고 싶다고 설문조사에 썼어. 말을 붙이고 싶다는 거에는 너랑 친하게 지내고 싶다는 뜻이 들어 있었는데 내 생각과는 달랐어. 진짜 너에게 말만 붙이게 되고 그다음은 진행이 안 되는 거야."

나는 지레 말을 들으며 알았다. 구미호 카페는 냉정했다. 심호도 꼬리도 냉정했다. 간절함이 있는 사람의 마음 곳곳을 꿰뚫어보고 헤아리지 않았다. 설문조사에 썼던 것만 이룰 수 있게 해준 거다. 내가 돈이 있었으면 좋겠다고 쓸 때 나는 반지를 먼저 떠올렸다. 돈을 원한 것에는 그 외에도 여러 가지 뜻이 들어 있었겠지만 반지 외에는 진행된 게 없다. 결국 남의 시간은 온전히 내 시간이 될 수 없었다. 남의 시간은 남의 시간에 불과했다.

"내가 왜 룰을 깨고 이 말을 하는 줄 알아?"

지레가 물었다.

"아니다. 대답하지 마. 그러면 너도 룰을 깨는 게 될 수 있으니까. 내가 왜 이 말을 하느냐면, 심호가 그랬잖아? 물건값으로 우리의 시간 중에 하나를 가져갈 거라고. 처음 거래를 시작한 날 가져갈 수도 있고 중간에 가져갈 수도 있고 마지막 날 가져갈 수도 있다고. 오성우, 나는 있잖아. 내가 산 털장갑값으로 순대 사건 시간을 가져갈까 봐 걱정돼. 그렇게 되면 너와 나는 둘 다 그 기억을 잊는 거야. 그래서 오늘 말하기로 결심한 거야. 오늘이 지나면 안 될 거 같아서."

지레가 하늘을 바라봤다.

"어? 낮달 떴다."

지레가 하늘을 쳐다봤다. 하얀 낮달이 파란 하늘에 선명하게 모습을 드러냈다. 나와 지레는 한참 동안 낮달을 바라봤다. 지금 구미호 카페에서는 누군가 포만바게트를 먹고 있고 누군가는 애플 말랑을 먹고 있을 거다. 내가 포만바게트를 먹고 지레가 애플 말랑을 먹은 것은 각자 원하는 것에 따라 메뉴가 달라지기 때문일 거다. 영조 아빠는 어떤 빵을 먹었을까?

또 지금 구미호 카페에서 누군가는 죽은 사람의 물건을 구경하고 또 누군가는 물건을 구매할 수도 있다. 다른 누군가는 심호와 마주 앉아 사인을 하고 있을 수도 있다.

"나는, 나도 성우 너도 그 기억을 잊지 않아야 한다고 생각했어. 왜냐하면 너와 나에게는 소중한 기억이니까. 무슨 뜻인지 알지?"

지레가 말했다. 무슨 뜻인지 알 것 같았다. 그 기억을 잊지 않으면 그 기억으로 지레와 나는 진짜 친해질 수가 있는 거다. 지레가 룰을 깨기로 용기를 낸 게 고마웠다. 하지만 지레에게 어떤 일이 일어날지 몰라 걱정이 되고 불안했다.

'진작 다가갈걸.'

나는 후회해봤자 소용없는 후회를 했다.

"털장갑을 사고 나서는 진짜 설렜는데. 그런데 자꾸만 성우네가 딴 길로 가더라고. 딴 길로 가는 이유가 구미호 카페와 연관이 있을 거라는 건 알았지만 너무 화가 났어. 우리에게 주어진 특이사항 시간은 짧은데 그 시간을 그냥 허비하는 거 같아서. 하지만 생각해보니까 그 시간은 내 시간이 아니더라고. 내 시간이 아닌 시간 안에서 어떻게 내가 하고 싶은 걸 다 할 수 있겠니?"

"지레 네 생각이 맞아. 내가 자꾸 딴 길로 간 건 특이사항 시간이 내 시간이 아니었기 때문이야. 나는 돈이 생기기를 간절히 바랐고 진짜 돈이 생겼어. 그래서 너에게 반지를 사주었던 거야. 나는 재후가 너한테 반지를 선물했을 때 너무 화났었거든. 원했던 돈은 생기는데 딱 거기까지였어."

"야, 오성우. 너도 룰을 깨면 어떻게 해?"

지레가 소리쳤다.

"야, 그럼 지금 상황에서 나만 살겠다고 입 다물고 있냐? 죽어도 같이 죽고 살아도 같이 살아야지. 아니다, 죽지는 않는다고 심호가 그랬어. 뭐 어떻게 되겠지."

지레와 함께라면 무섭지 않았다.

나와 지레는 낮달을 보며 잠시 말을 하지 않았다.

"그런데 오성우. 우리 간절하게 원하는 거 이룬 거 아니냐? 너랑 나랑 좋아하는 거 확인했잖아?"

잠시 후 지레가 말했다.

"응?"

가만 생각해보니 지레 말도 맞았다. 하지만 룰을 어겼다는 게 함정이었다. 룰을 어긴 대가가 어떤 건지 아무도 모른다.

"우리가 산 물건은 태워야 하는 거 아니니? 룰을 어겼어도 태워야 하겠지?"

지레가 물었다.

"그래야 할걸."

나와 지레는 각자 물건을 가지고 재개발 지역으로 가는 언덕 밑에서 다시 만나기로 했다.

재후는 이모와 채팅을 하고 있었다.

"엄마한테 미리 말하는 게 나을 거 같아서 얘기하고 있는 중이야. 이사 가는 날 말하면 엄마 입장에서는 배신감이 들 수도 있을 거 같아서. 그런데 성우야. 내 예상대로 될 거 같다."

재후가 싱긋 웃었다.

"너는 물건 태웠냐? 뒤꼍으로 가면 아궁이가 있다고 하던데 불을 붙이는 건 있냐?"

"태워? 뭘?"

재후가 문자를 보내다 말고 나를 바라봤다.

"특이사항 시간이 다 지났으니까 나한테 사실을 고백한 거고, 특이사항 시간이 지났으면 당연히 구미호 카페에서 산 물건을 태웠을 거 아니냐고. 나도 오늘이 마지막 날이거든. 지금 구미호 카페에 가려고."

"구미호 카페라는 카페도 있냐? 이름 한번 되게 재미있네. 나는 구미호 카페에 가본 적 없는데? 거기서 무슨 물건을 사?"

"간 적이 없다고? 달이 뜨는 날 가지 않았어? 설문조사도 하고."

"얘가 잠도 안 자고 서서 꿈을 꾸나? 뭔 소리야?"

재후가 웃음을 터뜨렸다.

"성우 너 내가 이사 간다니까 충격받았냐? 그래서 살짝 이렇게 된 거야?"

재후가 웃음을 꿀꺽꿀꺽 삼키며 손가락을 머리에 대고 빙글빙글 돌렸다.

"너 간절히 원하던 걸 이룬 거잖아? 니네 엄마를 돌아오게 만드는 거."

"응. 나는 그걸 간절히 원했고 간절히 원한 만큼 철저히 계획을 세웠어. 그리고 드디어 성공을 눈앞에 두고 있는 거지."

재후는 다시 문자를 보내기 시작했다. 쿵! 뭔가 내 뒤통수를 치고 지나갔다.

재후의 성공은 구미호 카페와는 전혀 상관없는 일이었다. 나는 뒤통수를 얻어맞은 듯한 충격에 잠시 멍하니 서 있었다.

다이어리를 찾아 들고 집에서 나왔다.

-드디어 빚을 다 갚았군요. 아주 날아갈 거 같습니다. 다시 돌아갈 수 없는 지나간 시간으로 돌아갈 수 있게 해주셔서 다시 한번 감사드립니다. 감사의 말을 오성우 씨에게 하는 게 맞는 건지 어쩐지 잠시 생각했는데요. 그래도 돈을 받아주신 분이니 감사함을 표하는 게 맞을 거 같아요. 은혜를 갚는다고 말만 하는 것보다는 행동으로 보여주는 게 낫겠지요? 모레 수업 마치고 영조네 순대 가게에서 만날까요? 한턱 거하게 쏘겠습니다. 아, 내일이 되어야 속 터놓고 말할 수 있는 상황이라서 오늘은 여기까지만! 특이사항이라는 룰이 있는데 그걸 지켜야 하거

든요. 곧 말을 놓을게요, 오성우 씨.

영어 선생님에게서 문자가 왔다. 문자를 읽는데 머릿속이 혼란스러웠다. 영어 선생님도 죽은 사의 물건을 샀다. 그리고 영어 선생님은 알고 있었다. 계좌 주인인 오성우가 학교에서 매일 만나는 오성우라는 것을.

"큰일났다. 영어 선생님 얼굴을 어떻게 보지?"

걱정이 태산이었다. 영어 선생님은 오성우, 나에 대해 얼마나 알고 있을까?

지레는 털장갑을 들고 약속 장소에 나타났다.

"영조 아빠를 구미호 카페에서 만났었어."

나는 언덕을 올라가며 지레에게 말했다. 영조 아빠가 주걱을 샀다는 말도 했다.

"영조 아빠는 간절하게 바란 것을 이룬 거네?"

지레가 말했다.

"내 생각은 달라. 안타까운 건 영조 아빠와 영조의 생각이 달랐던 거야. 영조와 영조 아빠는 서로 다른 걸 원하고 있었어. 영조와 영조 아빠는 서로가 같이할 시간이 많지 않다는 걸 알았을 거야. 그 시간 안에서 영조 아빠는 비법을 영조에게 남겨주려고 애썼어. 나는 그 마음을 이해할 수 있을 거 같아. 그 비법을 물려받으면 영조는 앞으로 큰 어려움 없이 세상을 살아갈 수 있으니까. 하지만 영조는 자기 아빠와 생일 파티를 제대로 하길 원했었거든."

나는 영조네 가게 카운터에 올려놓은 케이크를 떠올렸다. 그날 영조네 가게에서 케이크에 불을 켜고 생일 파티를 했더라면 얼마나 좋았을까? 그랬다면 영조의 간절함 중에서 반은 이뤄졌을 텐데. 아빠 생일을 챙겨주고 싶다던 간절함은 이루지 못해도 말이다.

나는 나중에 영어 선생님 이야기도 지레에게 하려고 마음먹었다. 영어 선생님은 자신이 간절히 원하는 걸 100퍼센트 이뤘을까?

'자신이 원하는 걸 100퍼센트 이룬 사람은 재후야. 재후는 100퍼센트에서 200퍼센트, 300퍼센트, 자기가 원하는 걸 더 넓혀 나갈 수도 있어. 재후는 자신의 시간에서 간절히 원하는 걸 이뤘으니까.'

어쩌면 재후 할머니와 이모, 이모부가 한집에 모여 살 수도 있을 거라는 상상을 했다.

구미호 카페 대문은 활짝 열려 있었다. 통창 안은 한없이 고요하기만 했다. 사람의 그림자도 보이지 않았고 꼬리의 모습도 보이지 않았다.

나와 지레는 뒤꼍으로 갔다. 돌로 만든 아궁이가 있었다.

다이어리와 털장갑을 아궁이에 넣자 저절로 불이 활활 타올랐다. 다이어리와 털장갑이 다 타는 데는 꽤 오랜 시간이 걸렸다. 다이어리와 털장갑이 재로 변했을 때 나와 지레는 돌아섰다. 하얗던 달은 노란 달이 되어 빛나고 있었다.

"어? 불 꺼졌다. 오늘은 장사 그만하나 봐."

마당으로 나오며 지레가 말했다. 뒤꼍으로 갈 때만 해도 불이 켜져 있었는데.

"저게 뭐지?"

지레가 통창에 붙은 종이를 가리켰다.

구미호 카페를 사랑해주신 고객님들 감사합니다.

구미호 카페는 문을 닫습니다.

하지만 곧 다시 찾아뵙겠습니다.

다시 만날 날을 고대하며…….

- 구미호 카페 주인장 심호, 꼬리.

"우리 무사한 거 같다. 구미호 카페가 문을 닫았으니까 룰을 어겼다고 무슨 일이 일어날 거 같지는 않아. 물론 오늘이 완전히 지나봐야 알겠지만."

나는 지레에게 말했다. 나와 지레는 달빛을 받으며 언덕을 내려왔다.

사라진 우리들의 시간

재후가 할머니 집으로 이사를 갔다. 그리고 전학도 갔다. 곧 이모가 들어온다는 소식이 들렸다.

교문 앞에서 지례와 영조를 만났다. 영조가 나를 보자 손을 번쩍 들고 알은척했다.

"오성우. 오늘 내가 만든 순대를 처음으로 판매하는 날이거든. 마구마구 퍼줄 테니까 수업 끝나고 와라. 지례하고 같이 와라. 아마 먹어보면 기절할 거다. 세상에 이런 순대는 또 없을 거라고 황홀해할 거거든."

나와 영조 그리고 지례는 나란히 교문을 들어섰다. 지례를 보면 뭔가 생각날 듯 말 듯 한다. 그게 뭔지 아무리 생각해도 모르겠다. 구미호 카페의 룰을 지키지 않은 대가로 어느 시간을 통째로 잊어버린 듯했다. 그 시간이 뭐였는지 모르지만 요즘 나는 지레와 말도 하고 가끔은 같이 다니기도 한다. 물론 영조가 중간에서 다리 역할을 한다. 영조는 이렇게 말했다.

"쇠종에 머리를 박으면서도 은혜를 삶는다고 했지? 바로 이게 은혜 갚는 거다."

영어 선생님은 자꾸만 내게 문자를 보낸다. 밥을 먹자고 말이다. 내가 영어 선생님과 밥을 먹을 정도로 친한 사이가 아님에도 불구하고 자꾸만 그런 문자를 보내는 것은 구미호 카페와 연관이 있을 거라는 짐작은 하고 있다. 짐작은 하지만 문자는 계속 무시하고 있는 중이다. 영어 선생님에 대한 아무런 기억도 없는데 공연히 만났다가 곤란해질 수 있다.

"영조가 만든 순대를 첫 판매하는데 축하 선물이라도 사 가지고 가야 하는 거 아닐까?"

나는 지레 옆으로 다가가 물었다.

"나도 그래서 선물 생각해봤어. 우리 집에 토끼 인형이 있거든. 귀가 몸집의 세 배는 큰 토끼인데 아트하우스 종이 가방에 들어 있더라고. 왜 샀는지는 모르지만 그걸 선물하려고."

지레가 말했다.

'나는 뭘 사지?'

나는 하늘을 바라봤다. 하늘이 참 파랬다. 오늘은 달이 둥실 뜨게 생겼다. 혹시라도 구미호 카페가 다시 문을 연다면 찾아가서 물어보고 싶다. 지레와 나 사이에 어떤 일이 있었는지.

누구에게나 간절히 원하는 것이 있다. 어느 순간 간절히 원하다 사라지는 것이 있기도 하고, 오래오래 긴 시간을 두고 원하는 것이 있기도 하다. 그것을 영원히 가질 수 없을 것 같다는 생각이 들 때 누구는 그 간절함을 포기하고, 누구는 더욱더 간절하게 원한다. 나 또한 포기한 것도 있고 아직 마음에 두고 있는 것도 있다. 그러다 어느 날 문득 포기했던 것들에 대한 미련이 들기도 했다. 미련이 생길 때면 후회가 슬그머니 고개를 든다. 더 절실히 원해볼 걸 그랬나? 절실함이 모자라서 이룰 수 없었나? 이러면서 말이다.

구미호 카페는 여러분이 간절히 원하는 것을 이루게 해주는 곳이다. 그곳에 가면 절대 이룰 수 없을 것 같은 원하는 삶을 살 수 있다. 여러분의 시간 중 어느 부분을 대가로 치르고 그곳에서 파는 물건을 사면 그 기회는 찾아온다. 물론 정해진 시간만큼이다.

구미호 카페에서 판매하는 물건들은 의심하지 않아도 된다. 검증된 물건이다. 그 물건들은 여러분이 간절히 원하는 것을 이미 가졌던 사람들의 물건이다. 그들이 죽어서 저승으로 가는 길에도 포기하지 않고 움켜쥐고 가려고 했던 것들이다. 그러나 이승의 것을 저승으로 가져갈 수 없는 것이 룰이라서 망각의 강 근처에 버리고 갈 수밖에 없었다. 살아 있는 자들의 시간이 필요한, 불멸을 꿈꾸는 구미호가 그걸 그저 보고 넘겼을 리는 없다.

구미호 카페를 방문할 수 있다는 것, 그리고 그런 물건을 구매할 수 있다는 것, 엄청난 기회일 수도 있다. 정해진 시간만큼이지만 내가 원하는 시간을 살 수 있다니, 얼마나 달콤한 제안인가.

만약 그런 기회가 찾아온다면 어떤 선택을 할 것인가? 주저 없이 자신의 시간을 주고 타인의 시간을 살 것인가? 그렇다면 타인의 시간을 살고 나왔을 때 여러분은 어떤 생각을 하게 될까.

남의 것은 커 보이고 남의 것은 훌륭해 보이는 반면 내가 가진 것들, 내게 머무는 것들은 한없이 보잘것없고 부족하게 여겨지는 것이 사람의 마음이다. 그래서 지나고 나서야 내가 가진 것들이 얼마나 소중했는지 깨닫는 우를 범하기도 한다. 나는 나이고 타인은 타인이다. 나는 다른 이가 될 수 없고 다른 이는 내가 될 수 없다. 내가 가진 시간은 내 시간이기에 소중한 것이다. 내게 주어진 시간은 내가 만들어 나가면 되는 것이다.

어느 날 구미호 카페 입구에 섰을 때 여러분이 어떤 선택을 할지는 오로지 여러분의 몫이다. 후회하지 않는 선택을 하길 바란다.

낮달이 뜬 어느 날, 박현숙

구미호 카페

ⓒ 박현숙, 2022

초판 1쇄 발행일 | 2022년 12월 5일
초판 10쇄 발행일 | 2024년 8월 5일

지은이 | 박현숙
펴낸이 | 사태희
편 집 | 최민혜
디자인 | 권수정, 홍성권
마케팅 | 장민영
제 작 | 이승욱 이대성

펴낸곳 | (주)특별한서재
출판등록 | 제2018-000085호
주 소 | 08505 서울특별시 금천구 가산디지털2로 101 한라원앤원타워 B동 1503호
전 화 | 02-3273-7878
팩 스 | 0505-832-0042
e-mail | specialbooks@naver.com
ISBN | 979-11-6703-066-5 (43810)